風の湧くところ

中村邦生

風濤社

風の湧くところ◎目次

Ⅰ

Ⅱ

Ⅲ

Ⅳ

V

風の湧くところ

写真　志村邦彦

I

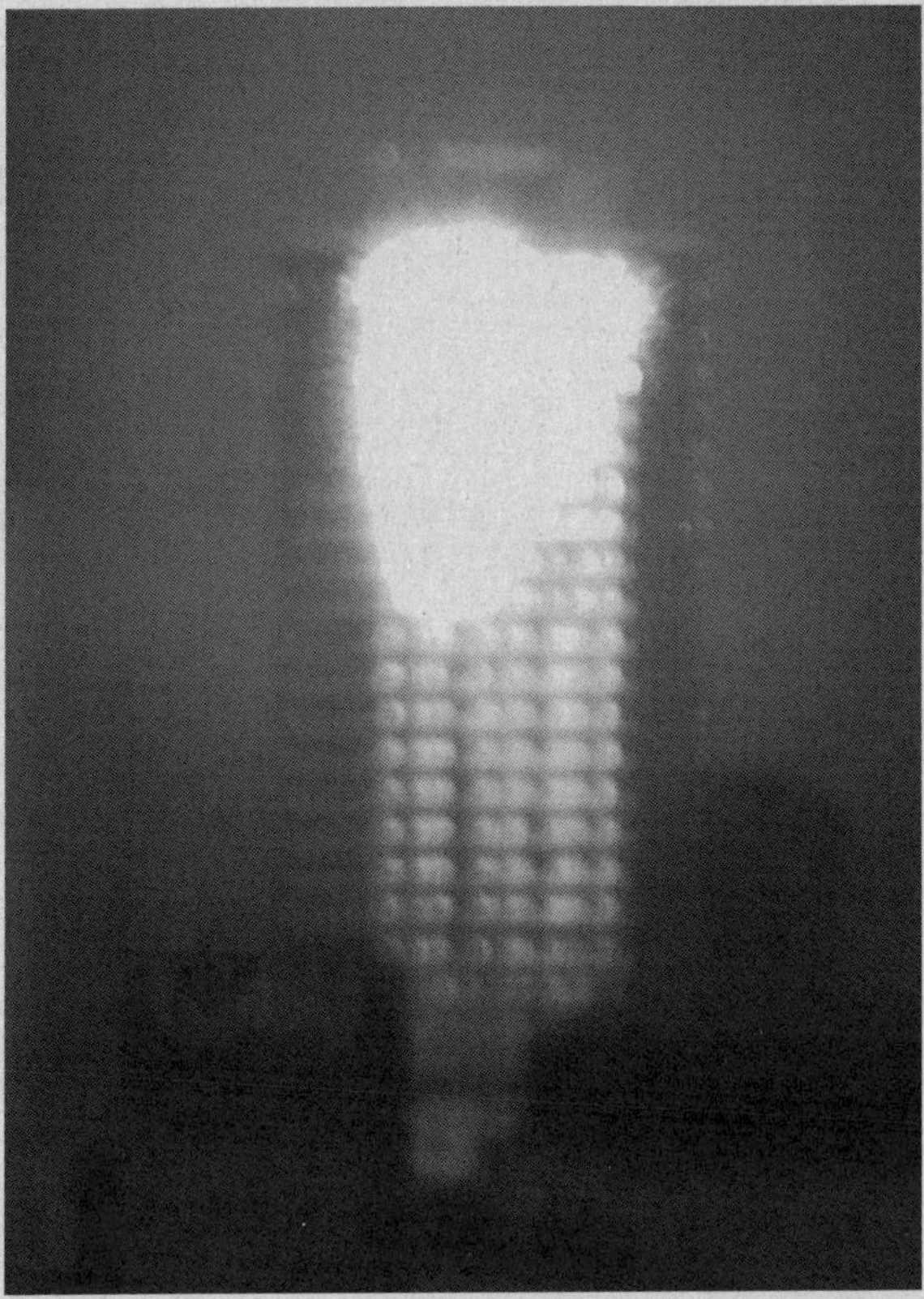

残景

駅

「百円貸してください」

男の子の声だった。

警戒心の重装備をしている今どきの小学生で、見知らぬ大人にこんな無心をする子がいるとは驚きだ。私はカードのチャージを済ませ、百円のわけを訊ねる。青いN進学塾の鞄を背負った少年は帰りの電車賃が足りないと言う。

一瞬、半世紀以上も前の自分の声に遭遇したような気分が動いた。

「あそこに定期券売場があるだろう、行って駅員さんに相談してごらん」

しかし、私はそんな助言はしなかった。井の頭線渋谷駅で、久我山駅までの切符を買ってくれたあのときの老婦人のように「気をつけて帰りなさい」とだけ言い、G駅から清瀬まで乗れる切符を買って渡した。

礼らしき言葉を呟いたものの、少年に途惑いのような表情が浮かんだ。即座に事態を了解し、途惑ったのは私の方だ。少年が欲しかったのは、切符などではない。きっと百円にこめられた小さな企みがあるのだろう。

――この先、おおげさなことは言うまい（少年に無心する者の苦しさがなかったと断言もしない）。

しかし、無心する私自身の遥か昔の欝屈した声に、瞬時であれ追想の微風が漂った。気分が乱れる。なぜなら、記憶に潜む羞恥の空気は微風ではすまないときがあるからだ。

「お母さんが、帰りに払います」と決まった口上を言い、六十年前の小学生は近所の〈高砂屋〉でたぬき蕎麦を食べた。福祉施設の少年の昼食代は母の勤め帰りの支払いにはならず、いつも月末払いとなる。

貸本屋の『しいのみ学園』の延滞金も「百円貸してください」程度の懇願ではすまなかった。ビンを持って酒屋に行き、量り売りの醤油一合を「ツケておいてください」と買うのはいつも私の役目。食料品店にも支払いが滞り、店主が土足で食事中の部屋に上がり込んできて、怒鳴り声をあげた夜もあった。いつだって、にこやかに応対してくれた〈國分商店〉（今はない）のおじさんの変貌ぶりの衝撃から、私は長いこと立ち直れなかった。

まだ、まだ、あるぞ、それから……。

ここで急いで記さなければならない。ふだんの私はこれらの羞恥の風をうじうじと呼び寄せているわけではない。まさか、ばかばかしい。幸いと言うべきか、意地汚くいつまでも過去の不良品の点検にいそしむほど粘度の高い記憶力はない。

池袋に向かう週末の車内、私は読むつもりだった分厚く重いエルンスト・ブロッホのファシズム論を閉じたまま、窓の外を眺めた。遠く光が丘のゴミ焼却場タワーから水蒸気のような白煙が夕暮の空に一筋流れている。

のどかそうだが、不穏な風景だ。

おおげさなことは言うまい、と決めたけどそうもいかない。壊れやすいものは、壊れやすいままに、いつだっておのずと、ゆっくりと壊れるのだとこの前までは思っていた。滅びやすいものは、滅びやすいままに、いつだってゆっくりと滅びるのだとついこの前までは嘯《うそぶ》いていた。

私たちの日々は大仕掛けにせよ小仕掛けにせよ虚偽の累乗からできている。まばゆいイルミネーションのエネルギーを支えるのは巧みに結託した偽装の絆の数々なのだ。

たぬき蕎麦の、『しいのみ学園』の、醤油一合の、ひりひりする現実が、めでたく失効した代わりに何を得たのか。

おのずと、のんびりと壊れるのではない。ゆっくりと、のどかに滅びるのではない。この後のことは言わなくても、今を、これからを、生き延びようとする者ならば判るはずだ、と私は平静を装うおのれの心に呼びかけた。

顔を上げると、瞬時、快速電車はピンぼけの写真のように溶けた映像を残し小さな駅を通過した。どこの駅を過ぎたのだろう。通いなれた路線のはずが私は見知らぬ町を疾走している。

断層

自宅からG駅までおよそ二十分の道程だ。とりたてて心惹かれる道でもないが、天気さえよければ、私は歩くことにしている。

家を出て最初のゆるやかな坂を上りきると、農家が地域の住民に提供している市民農園が広がる。ほぼ三〇平米ごとに分けられた土地が約二〇〇区画あり、大根、キャベツ、茄子、ほうれん草など、それぞれに季節の野菜が栽培されている。

農園を過ぎて、門の脇に欅の巨木のある屋敷にさしかかると、クリという名の柴犬が生け垣の隙間からいつも顔を覗かせる。「クリ、クリ」と呼びかけても姿を出さないときなど、安否が気になって、垣根の間から庭を窺う。

しばらく住宅街の庭を眺めながら進み、藤沢周平コレクションの小部屋のある図書館を過ぎる。新聞・雑誌を囲む席はいつも年配の男たちであふれ、昼食時にいったん潮が引くが、午後はまた元に戻る。

図書館前からは長い下り坂となり、大通りに出る。角に二階建の百円均一ショップがあって、立ち寄るときまって私はクリアファイルと付箋を買ってしまう。

昨日もこの道を歩いたのだが、いつもより倍の時間がかかった。

市民農園にはただ一つ、花だけを育てている一画があって、ダリア、アネモネ、コスモスなどが咲き誇ると、賑わいが広がり、ときにそこだけ燃え立って見えるときがある。その賑わいの中から浴衣にソフト帽に似た形の麦藁帽子をかぶった男が花束を新聞紙にくるんで現われた。

正午前の時間、白い浴衣《ゆかた》がいっそう白い。畑から道に出て、私の前を悠然と歩く。なぜか追い越すのが憚《はばか》れ、距離をおいたまま後についていった。背格好に懐かしさをおぼえるのだが、その印象は具体的な過去の映像に行き着かない。

新聞紙の間から大ぶりのダリアが覗いている。花束を持った手の揺れが、泰然とした歩きのリズムを作っていて、肩の動きに合わせて全身が前に運ばれていく。一度、右手がおもむろに上がって、帽子に添えられたときだけ、足の運びがゆるんだように見えた。それも束の間のことで、頭の位置は動かない。

私は花を持ったこの浴衣姿の老人に見惚れてしまった。しかしこのままの時間をいつまでも持続するわけにはいかない。私は車のギアを切り替えるように、一気に足を早め、老人を追い抜いた。抜くときに、「お先に失礼」と思わず挨拶の言葉が出た。老人の上気した顔がこちらを向き、漱石のような口髭がかすかに動いて「やっ、どうも」と声がした。

図書館に立ち寄って、チョコレートの歴史の本を返し、新聞を広げた。

〈都心に活断層か。専門家ら地層分析、一二〇万年に四回活動〉

飯田橋駅周辺から北北東ー南南西に最大七キロにわたり、地層にずれが生じている場所の存在が判ったという。地図を見れば、神田川が飯田橋から江戸川橋の方へ曲がっていくあたりに重なる。記事の模式図によると、約二〇万年前の地層、約九万年前の砂礫層、七〜八万年前のロームに、それぞれ一二メートルから二メートルの段差がある。

私は神田川が北に方向を変える飯田橋付近の地形を思い描いた。このとき、図書館のカウンターから張りのある甲高い女性の声がした。

「あら、きれい。いつも申しわけありません。ありがとうございます」

振り向くと、浴衣の老人が麦藁帽を脱ぎ、「やっ、どうも」と短く答えながら、笑顔を返している。このやりとりをしている老人は、なぜか花束を持って私の前を悠然と歩いていた人と同じには思えなかった。この人は歩く人でなければならない。心なしか身の丈も縮んで見えた。

記事の続きを読むと、断層には正断層（岩盤にひっぱる力が働くことで一方の地層が滑り落ちる）と逆断層（岩盤が圧縮されることで、一方の地層がもう一方に乗り上げる形でずれる）があるという。今度の断層は前者のタイプらしい。プレートが押し合っている上に乗っている日本は、正断層が起こりにくいとも書いてあるが、はたしてどうなのか？　しかし私は都心の活断層の危惧から思いが離れ、まことに取り留めなく、気分がさまよい出した。次に断層のずれが起こる確率ではなく、別の偶然的一致の可能性についてだ。

あの浴衣に麦藁帽の老人が花の賑わいの立ちのぼる畑から現われて、ダリアを手に、まさしく威風辺りを払う感じで私の前を歩く、まったく寸分違わぬ姿を私は見てみたい。それをふたたび経験できる確率はどれほどのものだろうか。

自転車

同じような夢を何度も見る。ことによると同じと思っているだけかもしれないし、同じだと夢の中で思っているにすぎないのかもしれないが。赤い自転車に乗って、平均台のような宙に浮いた木道を自信たっぷりに走っていると、いきなり滑空状態になり、身が浮き上がる。驚いてハンドルを握り締めると、目の前に二本のレールが現われ、私は電車の先頭車両の窓にへばりついている。

窓外の景色がいかにものんびりと背後に移動していく。木々の生い茂る中を走っていくこともあれば、都電荒川線のように家々の軒先を掠めていくこともあり、渋谷から浅草へ行く地下鉄銀座線の闇のなかで駅の明かりを辿って進んでいることもある。夢を見ながら、「ああ、またこの夢か」といつも呟いているのであるから、その場合、私はどこにいることになるのか。

夢でなくても、自転車は万能の乗り物で、これをこいでいきさえすれば、どこにでも行けるような気がしていた。

何十年も前、映画の『E.T.』で自転車に乗った少年がいつしか地を離れ、森の上を滑空するシーンを見たとき、感動で身がふるえ、涙が溢れだしたのだった。その場面を思い出すだけで、涙腺がゆるみそうになる。

自転車への激しい渇望。小学校の六年の春の誕生日の月、ようやく買ってもらった青い自転車。配達される前日、母は「あした、うちに自家用車が届きます」となぜかわざわざ紙に書いて、私に手渡した。「自家用車」とは、母が何度か口にしていたジャーゴンだった。私は嬉しさを通り越して呆然と紙片を見ていた。母は笑いながら何か言ったのだろうが、覚えていない。ただ、母のサプライズの計画は十分すぎるほど効果があった。

届いたのはお洒落な臙脂色《えんじいろ》の自転車だった。母が有楽町の〈そごう〉で、展示の現品限りを格安で買ったものだったが、届いてみると車軸がわずかに歪んでいた。危険な事故が起こっては責任問題と思ったか、デパートから新たに青い自転車が運ばれてきた。

前のお洒落で珍しい色の自転車に少年が執着を示したのは最初だけだ。重いことも、「ダイショウ」という聞き慣れないメーカーのことも、乗り始めれば嬉しさが勝り、気にならなくなった。重さに関してならば、ときどき借りていたM君の自転車に比べると、ずっと軽かった。M君の家は中華料理店を経営していて、裏口に回ると出前用の古自転車が放置してあった。

借りた自転車では、遠出はできない。私は青い自転車に乗って、杉並の久我山から五日市街道と青梅街道を使って新宿や、多摩川の橋を渡って向ヶ丘遊園などへ、たいていは一人で遠征した。

家から井の頭公園までも近くなり、何度となく出かけた。ほぼ神田川に沿って遡る場合（沿岸の道はまだ整備されていなかった）と玉川上水の脇の草叢の小道を進むかのどちらかだった。

ある土曜日の午後、神田川の道から井の頭公園に行くつもりで、途中の三鷹台に住むA君の家に寄った。すると、A君は調布飛行場に行こうと言う。私たちは吉祥寺通りをゆっくり南下した。左手に日産自動車のグランドの緑が広がり、日産に合併される前のプリンス自動車の工場があった。

深大寺の北側の道路から迷い道をしたが（案内に自信を持っていたA君も

初めての場所だった）、やがて東京天文台に出た。重そうな扉の間から覗くと、人影は見えず、近づき難い白昼の静寂が広がっていた。晴天の闇夜になれば、たちまち活気に充ちた空気が辺りを覆いつくすのだろう。当時の東京は、調布でも天体観測が可能なほどの星々が天空に輝いていたのだ。

天文台から坂を下っていくと調布飛行場の門に出た。守衛が三人もいてそこからはとても入れそうにない。

A君の発案で、塀沿いに整備工場と格納庫のある入口にまわった。信じられないことに、誰にも咎められず、格納庫の前に止まっている小さなセスナ機まで近づけた。オイルのにおいに二人とも興奮して、おそるおそる主翼に触った。冷たいと思っていたが、かすかに温熱を残し、ジュラルミンの手触りは思いのほか脆い気がした。プロペラだけは、今にも回転しそうな狂暴な雰囲気があって、眺めるだけだった。A君は触ったらしく、帰りの道で、「手で押してもぜんぜん動かなかった」と感想を洩らした。

焦げたようなにおいもあって、それはタイヤの軋みのなごりだった。私が調布飛行場でセスナ機に触れた思い出を甦らせるとき、まずこのタイヤのゴムの焼けたにおいが脳髄の奥を刺激する。辿り着いた場所が天文台、そして飛行場。

空へ、星へ。

自転車に乗れば、どこまでも行けるのだ。笑うべきことかもしれないが、私はいまだにそう思いたがっている。

その後、青い自転車はどうしたか。中学三年の冬、人見街道から脇に入った暗夜の道で、停車中の小型トラックに追突して廃車になった。幸い大怪我はしなかったが、このときの不始末については、とりたてて語るべきことはない。自転車が身代わりになった、と言った大人たちの言葉を思い出せば十分だろう。

A君はいま東京ドームの南側、神田川の三崎橋にほど近いビルで国際特許事務所を開いている。おたがい、会うことはめったにない。

二〇一一年の九月某日、スイスのルツェルンからベルンに向かう急行列車。どの車輌もサイクリスト用の自転車置場が用意されているのだが、席を探してふとドアの横を見ると、臙脂色の自転車が立て掛けてあり、私は胸を衝かれて、しばらく立ちすくんだ。色が私のところに来るはずだった（一度は来た）自転車に似ているように感じたのだ。いや、色合いの類似まで判るほど、鮮明な記憶があるはずはないのだから、たぶん旅先での気まぐれな感情の揺れがあっただけだろう。ハンドルもこの自転車ほど上に張りだしてはなかったはずで、もっと柔和な表情があった。これは乗り手をどこに運んでいく自転車なのか。

自転車があれば、あの頃はどこにだって行ける気がした。

空へ、星へ、と。

臙脂色の自転車も青い自転車も、人と同じく、ひとつの運命を生きていたのだ。

断崖の時間

池袋行きの黄色い車輌に続き、地下鉄有楽町線となる銀色の車体が通過する。風が逆巻く。警報器は鳴り止まない。

朝七時二九分。

開かずの踏み切りというが、永遠に開かないはずはない。待つ人間が膨らみ上がり警報器は鳴り続く。

飯能行き、小手指行き、池袋行きの急行、鈍行、準急。

本数を数えたわけではないが忍耐の目盛りが真横に傾く。通過する通勤急行の車輪が灰色に濁った横板となって飛び去る。過ぎた後、ぽっかり空洞が残る。それでも警報器は止まない。

空洞の向こう側にも、待てないのに待つ人間が群がっている。緩慢な時間と疾走する時間が一本のバーで区切られている。この二つの時間の瞬時の錯乱でさえ、あらゆる命を凍りつかせるはずだ。

「踏み切り」とは、よく言ったものだ。私はいま、断崖の上に立つ。こちらとあちらのあっけない隔たりにいくらでも目眩を覚える理由はある。待つ時間の錯乱をいかに回避するか。私は読みさしの『鳥の生態学』を思いうかべ、断崖の時間の隙間を埋める。

モズは結婚後も機会さえあれば別の雌に求愛する。羽毛が抜け落ちた雌に熱心に言い寄る雄もいるらしい。この雄にはつややかな羽毛のある若い妻がすでにいたのに。鳥たちの中には、カップルの鳥の間に入って繁殖の手伝いをするお助け鳥もいるという。巣材運び、抱卵、給餌、糞運び。献身的な利他行動なのかそれとも、深謀遠慮の利己的行動なのか。

踏み切りのバーが上がり、人々はいっせいに空洞へと踏み出す。緩慢な時間が泡立ち、疾走する時間がまた接近する。

山の記憶

何かを思い出そうとするとき、なぜ人は顔を上げ、空を見つめるのか。記憶というものはいつも頭からふわふわ気泡となって漂い出し、宙を渦巻きながら虚空に貯えられるからだ。虚空は地上から蒸発してきた、おびただしい記憶の素粒子でいっぱいだ。記憶の荷重が増しすぎると雨滴にまぶして地上に落とす。記憶はこうしてリサイクルされる。雨を浴びる私の記憶はパタゴニアの旅人のもの？

そこでこの夏、空の秘密を探りに、一七〇〇メートルの山小屋で十六日間過ごしてきた。記憶をまさぐりながら、私がいつも見上げる空の位置はおよそこのぐらいの高さだろうと推測しているからだ。

山小屋は雲海に包まれ、風がつぎつぎと湧き立つ。地上から運ばれた記憶の作る乱気流の何という美しさ。ぼんやり見惚れるばかりの忘我の日々を過ごした。そして快晴。記憶の全消去の潔さ。どどっと素粒子を地上に撒き散らした後の爽やかさ。息を深くしながら、この清々しさに身を浸した。

下界への帰途、麓のアンティーク・ショップで茶色の登山帽を買った。うかつにも忘れていた。古い帽子には前の持ち主の記憶が糸と織りの隅々に絡みついていることを。私は埃を落とすように帽子をはたこうとした。しかしその手を止めて、誰かの思い出の詰まった古帽子を被った。白く切り立った山稜が脳裏で動き、西空が落日に燃えた。

小さな渦

ステッキに半身を支え、白髪の老人がパワーショベルに深く抉られた穴を覗きこんでいる。バス通りの一角、ビルの間に空き地が現われ、次の建物のために新たな穴が掘られている。私も立ち止まり、生々しく光沢を放つ赤土を見つめる。夜の雨で底に水が溜まっている。仲間に加わった私に、老人が軽く会釈する。一瞬、老人から風が舞いだす。記憶が小さな渦を作る。

あのときのお年寄りだ。

昨年の晩秋、大泉中央公園の森の前、通りかかった私を呼び止めた。

ほら、聞こえるでしょう。
ちっちっちっちっちっ
ウグイスの子ですよ
笹鳴きといいます。
かわいいですね
まだ声が整わないんです。

ほら、また鳴いた。

ちっちっちっちっ

冬支度の進む森の奥で春の準備をする若いウグイスの声に、私は耳を澄ます。老人は掌を耳にあてがい、枯葉の散り落ちる風のざわめきの季節に、春を告げる若鳥の声を追う。

季節を一つ飛び越えて初夏のバス通り。

空き地となった穴の前、私は笹鳴きの話を持ち出さない。

さっきからこうして
立っているんですが
どうしても思い出せないんですよ
前はここに何があったんでしたっけ。

真剣な面持ちに、思い出すまで動きそうにもない決意の空気が漂う。

プレハブの建物がありましたよ。

一階が自転車屋で

二階は骨接ぎでした。

私はあっさり答える。老人は怒りに似た表情をうかべ、二度目の会釈を返しながら、言葉にならぬ呟きを洩らし足を引き摺り立ち去った。この老人とふたたび遭遇することがあるだろうか。ふいに惜別の感情が身体の奥からせりあがってきた。

深緑の眩しさの中を、風が吹き抜けていく。

II

ボルヘスの自画像、そしてジョン・ケージの、さらに……

窃視の事情

　東京郊外のある私鉄駅の近くにあるP古書店とその三軒隣にあるS喫茶店は、共通の客が多い。獲物を得た野良猫が物蔭に走りこむように、私もまたP店で面白そうな本にありつくと、いそいそとS喫茶店に向かう。

　この古書店は充実した人文書の棚があるだけではなく、美術書と絵本に特別のコーナーを作り、版画とか小物の工芸品なども置いてある。S喫茶店も古いコーヒー・ミルを置いたり、コーヒー豆の産地の条件に細かくこだわったりしている。禁煙で携帯電話も禁止だから、私にとっては読書の愉しみにひたれる快適な場所だ。

ある日の午後、美術書の棚に張りついて動こうとしない若い女性客がいた。ジーンズのジャケットに大きな白いエコバッグを肩にかけている。やがて一冊の本をカウンターに持っていったのだが、その本は私も欲しい画集だった。というより、先に買われてしまった瞬間、にわかに惜しくなったのだ。『セルフ・ポートレート』という詩人、作家、音楽家、画家たちの自画像を集めたもので、そのうち買うかどうか決めようと思っていた本だった。この「そのうち」という留保の態度から、私はことあるごとに何度となく痛い目にあっているはずなのに、いっこうに懲りていない。

『セルフ・ポートレート』はその女性のエコバックに収められ、幸いにも（と後で心から思うことになる）S喫茶店の明るい窓際の席まで運ばれた。

私はこっそり後をついていき、斜め後方の席から窺った。言うまでもないが、雌猫にではなく、彼女の持ち去った餌に惹かれて私は追尾したのである。

ボルヘスの自画像が現われた

彼女の開く自画像のページを私は覗き見た。めくるスピードが速く、落ち着かない。それでも、窃視の強い思いが、私に幸運をもたらした。携帯電話が鳴りだして、女性はバックごと抱え、コーヒーに口をつける前に外に飛び出していった。

画集は開いたまま置かれ、とても自画像には思えない、ふざけているか、稚気に居直って描いたかのような図柄が現われた。実際、錯雑と線がのたくり、幼子が初めて描く絵のような奔放さだ。作者名に目をこらし、ホルヘ・ルイス・ボルヘスと確認したとき、私は少なからぬ驚きを覚えた。隣のオクタヴィオ・パスの律儀なユーモアとは対比的な、糸くずの絡んだ絵である。ボルヘスに自画像を描かせるとは、どういうことか……、と呟きはいったん呑み込んで、私は小刻みに震える手で写真を撮った（街歩きのとき、私はいつもカメラを持っていく）。手ぶれ防止機能などない旧型のペンタックスだから、ピントが甘いのは仕方がない【写真①】。

周知のように、ボルヘスは彼自身の言う「ゆるやかな黄昏」（視力の喪失）が訪れたときから始まった人物であり、「緩慢な黄昏が一八九九年以来半世紀以上にわたり、劇的瞬間を迎えることもなく延々と続いてきた」作家なのである（「盲目について」『七つの夜』）。私がこの自画像に感動しているとすれば、ゆるやかに進んだ「黄昏」に明滅する自己の顔の記憶が生み出したフィギュールのためなのだろうか。私は「黄昏」に揺れる記憶の痕跡に魅入られているというわけだ。自己の記憶として視線が辿る顔＝自画像はつねに「廃墟」（遺棄されたもの）なのだとデリダは述べたが（『盲者の記憶』）、私はまた「廃墟」に心惹かれていることにもなろう。

しかしこのボルヘスの「自画像」をよく見れば、右下に〈wood〉という文字が記されている。これは何だろうか。〈wood〉として自己を表象する行為にあるのは、視線の追い求める記憶の痕跡ではなく、自己を〈wood〉として眺める願望の投影なのだ。ならば、〈wood〉の隠喩の引き寄せる自己像とは何なのか。「私」は「森」である?

なるほど自画像をよく見れば、顔の輪郭のようなものが木々の背後に隠れているようにも見える。「森」に埋もれたボルヘス? ことによると魅力的な隠喩かもしれない。視覚的な自己像を欠いていること、鏡を見つめ自己の起源へ遡行しようとする視線の欲望を欠いていること、それ故に自己像にメタフォリカルな意味を滲出させているのだ。しかし、

①

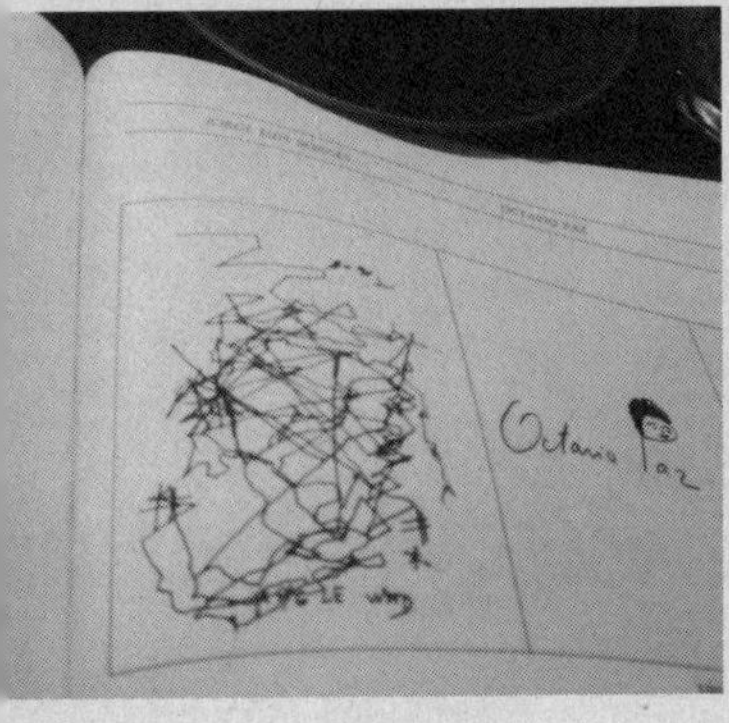

〈wood〉と書き込んだ瞬間の一義性の退屈さは、錯雑とした線の迷走として描かれた自画像への驚きを減衰させる。すると、ここに見い出すのもまた別の「廃墟」となるのかもしれない。

こんどは、ジョン・ケージが

女性はまだ戻って来ない。見つかったときには、とっさに何か言い訳が思いつくだろうと覚悟し、私は指先を伸ばしてページをめくった。ジョン・ケージの自画像が目に入り、すばやくカメラのシャッターを押した【写真②】。素朴きわまりない線で、完結しない微妙に歪んだ円が描かれている。もちろん、顔の似姿としての自画像ではないし、ただ即興的にペンを走らせた洒脱とユーモアの描線というわけでもなさそうだ。しかし、この線の消えかかった簡略な自画像は、いかにもケージ的なものを表象しているように思える。ケージ的なもの？　サイレンス、偶然性、ノイズ、禅と易……。いや、「ケージ＝鳥かご、檻」として、純然たるドローイングによる自己の命名的な暗示なのかもしれない。

そしてウディ・アレン、安部公房、それと……

「すいません、ちょっと美容院に忘れ物したみたいで。すぐ戻ります」

と女の慌ただしい声がした。店主は途惑った表情を残したまま頷いた。

この事態の新たな展開で、妙なことに私の覗き見の気分の勢いが削がれた。そう思いつつも最後のつもりで、ページをめくった。ウディ・アレンの顔が白い余白にぽつんと置かれている。コミック的な相貌としてか

②

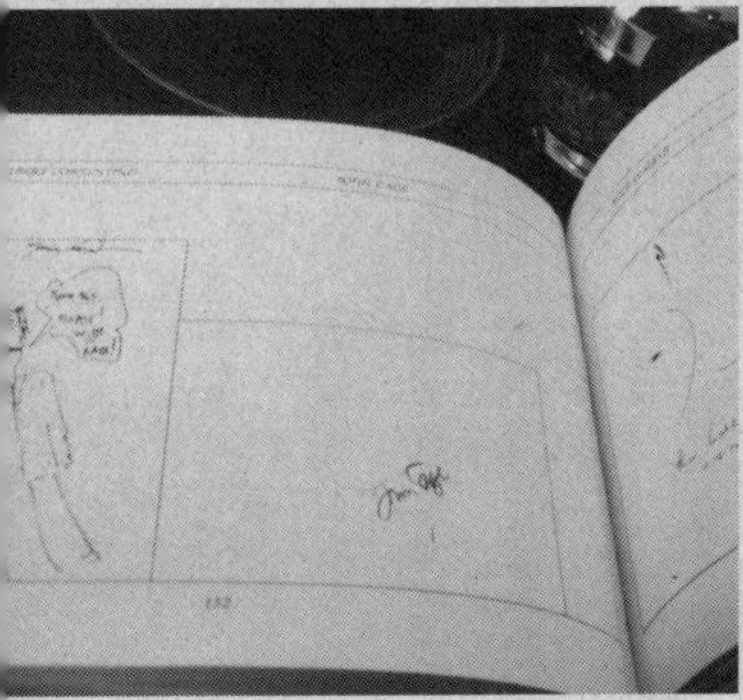

③

④

なり正確な自画像だ【写真③】。この正確さは顔もさることながら、少し孤独な悲哀を漂わせたユーモアが、むしろウディ・アレンの作品に登場する気弱なヒーローを思いおこさせる。

私は別のページを開けた。三つの自画像の並ぶ中で、即座に安部公房と了解できる絵が目に入った【写真④】。なぜ判るのか？　特徴ある髪の毛と眼鏡というこの作家の顔貌の特徴を明瞭な線でシンプルに図像化しているせいらしい。これは鏡像的な反照性を求めたものではない。あくまでも記号的な自画像の肖似なのだ。

これで最後にしようと決め、前のほうのページに戻った。すぐさま目が惹きつけられる絵が現れ、カメラにおさめた。ポール・セルーの左手だけを描いた自画像だ【写真⑤】。私が自画像を求められた場合も、たぶん自分の左手をなぞる描線となるだろう。なぜか？　私はかねてベンヤミンの「一方通行路」（野村修訳）にある言葉を、あるべき「自己」の姿と夢想してきたからだ。

誰であれこの日々には自分で「できる」ものに固執してはならな

⑤

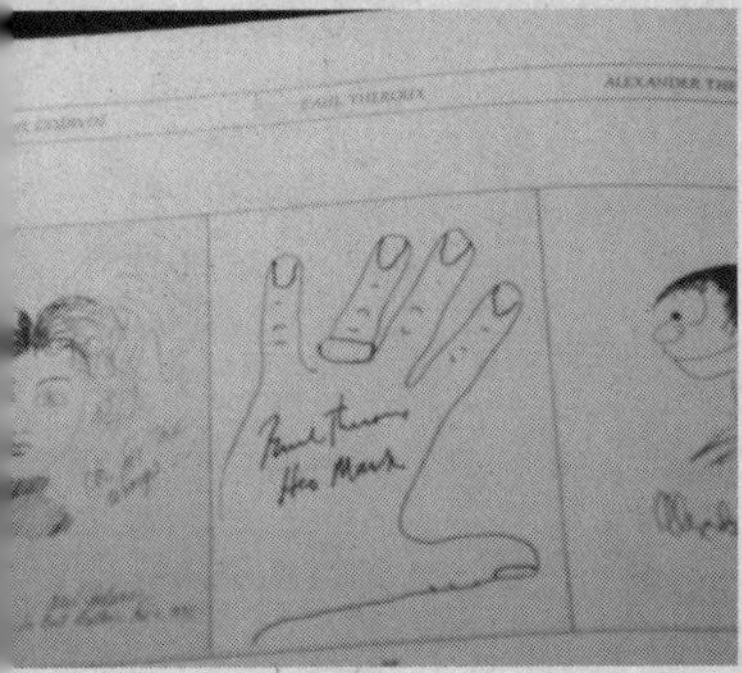

い。力は即興にある。決定的な打撃はすべて左の手でなされるであろう。

そうにちがいない。決定的な仕事の一撃は「左の手」でこそなされる。利き腕に、つまりは自分の「できる」ことに依存してはだめなのだ。

中軽井沢・桔梗が丘別荘地3－B区画をK氏は買わなかった

中軽井沢・桔梗が丘別荘地3－B区画をめぐるK氏の購入のためらいの顚末を簡略に記すに当たり、「株式会社グリーン・リゾート」（仮名）からK氏に提供された情報の公開がどうしても必要となる。五年前、K氏の取り憑かれた〈軽井沢的なるもの〉の消費欲は、そのいささか風変わりな不動産広告とともにあったからだ。説得の宣伝口調がいつしか論文的な細々した報告に変わり、その細部の情報がK氏を誘惑すると同時に正式契約の失調をも招いたのである。

掲載には同社の許諾を得なければならないはずであるが、調べたところもはや二年前に消滅した会社となっていた。財務上の理由からではないようだが、詳細は不明だ。したがって、分譲地の案内文は常識の範囲内の削除と整理を行ない、K氏の判断を尊重してそのまま引用することにする。

あの立地条件の優れた桔梗が丘別荘地の購入を断念したのは、瑣細《ささい》な欲望に潜んでいた秘密ならぬ秘密のせいだった、と今にしてK氏は思う。いや、瑣細と言っては誤解が生じる。何しろ高額の買物なのだから。それでも妙なことに、諦めに到ったのは欲望の頓挫と言うより飽和のためのような気がする。「軽井沢」という場所の喚起する何か特別な欲望の減衰に原因がある。明らかに他のリゾート地では起こり得なかった「軽井沢」に特化された事態なのだ。

1

過日は桔梗が丘別荘地をご覧いただき、まことにありがとうございました。その後、ご検討いかがでしたでしょうか。この地域の分譲別荘地の中では、しなの鉄道・中軽井沢駅から歩くことも可能な二・一キロの好立地、しかも緑豊かな閑静な場所にある稀少物件です。私の営業経験から言っても、めったに出ない掘出物と申せます。よいご返事、ご連絡お待ちしております。

2

昨日は再びお越しいただき、まことにありがとうございます。南東角地の3－B区画は何といっても眺望に優れ、離山の緑を望むことができます。もし土台を高めに家をお建てになれば、南西の方向に浅間山の姿も見ることができると思います。特にカラマツの葉の落ちた晩秋から冬は、ぐっと視界が開けて、夏とはまた違った別荘ライフが楽しめると存じます。

いずれにしましても、この地域で展望の良さを誇る分譲地は意外に少ないのです。その点、3－B区画はK様ご一家のご期待にぴったりの土地と思います。ご検討の参考になる情報、何なりとお申し付けください。

3

ご連絡ありがとう存じます。見晴らしの良さは土地の購入の条件ではないとのお話、当方の思い違いでした。申し訳ございません。

では、静かな谷間にある、8－F区画をぜひお薦めします。覚えていらっしゃいますか、3－B区画をご案内したときに、小さな川を渡りましたが、橋の右の道を上がった場所です。南西緩斜面で五二一平米、価格も3－Bよりも三百万円ほど安く、お手ごろです。ぜひ皆様でご覧にいらしてください。心よりお待ちしております。

4

早速のお返事ありがとうございました。

山の懐に抱かれる谷間の土地をご指定いただくお客様も大勢おられますが、K様は購入なさるのなら、やはり3－B区画以外に考えられないとのお話、ふたたびの当方の思い違い、申し訳ありません。そうですね、やはりこの区画がベストだと私も思います。徒歩圏内にシェ・トキタという評判のフランス料理店、蕎麦懐石の福盛、ケーキの美味しいカフェ紫陽花、レザークラフトの宮内など、いずれもどのガイドブックにも紹介されている有名店が揃い、もし別荘にご来客がおありになった折には、大変喜ばれると存じます。近隣の店や便利な施設など、ご検討の参考になる情報が必要でしたら、何なりとお申し付けください。

5

お返事いただき恐縮です。おっしゃるとおりですね、美味しいお店やお洒落なお店のことでしたら、何も軽井沢に限らないわけで、確かに八ヶ岳南麓の清里や那須などでもよろしいですものね。失礼いたしました。

それで、K様が軽井沢に何を求めていらっしゃるのか、なぜ軽井沢なのか、もう少し具体的に教えていただけると、ご決心の後押しをできると存じます。お知らせいただければ、できるかぎりお調べいたしますので、お申し付けください。

なお、昨日、別の営業担当者から、桔梗が丘別荘地3－B区画に強い関心をお持ちのお客様が他に二組いらっしゃるとの連絡が入りました。ご検討の上、結論を早くいただければ、有り難く存じます。

6

K様、軽井沢の歴史というお話ですと、その詳しさによりますが、軽井沢町役場の資料がお役に立つかと存じます。さっそく、郵送いたしますが、ただお書きになっているその他のお問い合わせの件、私ではとてもお答えできそうもなく、ご寛恕願いたいと存じます。

この後、K氏が言うところの「営業戦略から逸脱するような情報を送ってくる人物」が現われた。先の営業担当者がいきなり交替し、社長みずからが乗り出してきたのである。この社長は近県の某大学で観光社会学の非常勤講師を兼務する人物だった。以後、宣伝文句が論説めいたものになり、情報も詳細になるにつれて、K氏の軽井沢に寄せる欲望の正体が明らかになった。

二週間の間、K氏は取り憑かれたように桔梗が丘別荘地3－B区画の購入を検討し続けた。しかしK氏が欲しかったのは、どうやらこの別荘そのものではなかったようなのだ。皮肉にも社長の熱心な説明が裏目に出た。

7

社長の武宮です。営業二課の吉田に代わり、本日より私が担当させていただくことになりました。お客様が軽井沢の何をお求めになりたいのか、僭越ながら私見を述べさせていただきたく存じます。

吉田が早合点してしまったようですが、清麗で静かな自然環境と飲食業を中心とする充実した商業施設を分譲地に求めておられることは当然の前提と私は理解しています。

しかしそれだけでは飽き足らない。軽井沢にはもっとそれ以上のものがあるはずだ。つまり、お客さまは軽井沢という文化資源を得たいと望んでいらっしゃるのですね。この付加価値こそ決定的な意味を持つことは、よく理解できます。なぜ軽井沢なのか、そのことを明確にしないと最終的な土地購入の決心にいたらない。軽井沢のリゾート資源の中で、恵まれた自然の環境運営とホスピタリティに満ちた歓待空間の創出、この両者の秀でた点は十分にご賛同いただけると信じます。

しかし軽井沢の軽井沢たる理由、つまり軽井沢のリゾートとして最も誘引力を持つものは、やはり文化資源なのです。これこそ軽井沢の誇る不易の財です。この場所をかつて誰が訪れ、どのように愛し讃美したのか。有名人たちによって、どのような避暑地のドラマが展開されたのか、つまりはエピソードを消費するのです。

これは軽井沢独特の舞台装置と言うべきものでしょう。何しろ有島武郎が人妻の波多野秋子と心中した終焉の地まで顕彰されているのですから。ちなみに、二人の自殺した浄月庵は軽井沢高原文庫に移築され、一般の見学に供されています。あるいはまた、ジョン・レノンが軽井沢を気に入り、某ベーカリーのパンをことのほか好きだったとか。

〈軽井沢的なるもの〉とはこうした過去のエピソードの作る演劇性に他なりません。軽井沢ならではの想像力の伸延と申し上げてもいい。しばしば、もっとつつましいエピソードこそ、愛着すべき秘匿の舞台装置を作るように思えます。たとえば、軽井沢（追分ですが）をこよなく愛した夭折の詩人・立原道造。その建築科の学生としての卒業設計が「浅間山麓に住する建築家コロニー」であったことなどは、どうでしょうか。

当社の物件に格別なご贔屓《ひいき》をいただいているK様に、ここでぜひお伝えしたいのは、検討いただいている中軽井沢の桔梗が丘別荘地3－B区画もまた、このような意味において〈軽井沢的なるもの〉の劇場空間に存在するのだという事実です。K様は軽井沢の文化資源をご購入なさろうとしているのです。

もはやご決心の時だと存じます。なお、3－B区画、社長決済で一六〇万円ほど値引きが可能だということもお伝えしておきます。

8

取り急ぎ、お返事いたします。どういうお考えに基づいてのご質問か、速断はいたしかねますが、軽井沢をリゾートとして最初に切り拓いた宣教師のアレキサンダー・クロフト・ショーは、風光が故郷のスコットランドに似ているので別荘を構えたわけで、確かに避暑地・軽井沢はノスタルジーという懐古の視線によって見いだされたのだと思います。

また、おっしゃるとおり、碓氷峠から追分まで含めれば、当地には驚くほど文学碑が多く、文学者たちの過去の時間の埋蔵量はリゾート地として群を抜いているかもしれません。だからと言って、軽井沢が若者たちの賑わう表層の下に死と懐古を隠しているとまで考えていいものかどうか。ましてや私には文学碑が墓石に見えるようなことはありません。むしろこう考えた方がいいのではないでしょうか。多くの文学者がインスピレーションを感じ、数々の言葉を残した軽井沢は、言霊《ことだま》の集う町なのだと。前に申し上げましたとおり、このこともまた軽井沢の劇場的な文化資源なのだと思います。

9

拝復。桔梗が丘別荘地に文学者のエピソードはとくにありません。もちろん、つつましいエピソードでよろしいのですよね。と申しますか、つつましい隠されたエピソードこそ、消費の欲望を刺激するとは、これもまたおっしゃるとおり。ご購入の決断に役立つディテールの豊かな埋もれた話を発掘できればいいのですが。さて、どうしたものか。

エピソードが多いのはやはり旧軽井沢と追分地区です。ですから、旧軽井沢まで散歩にお出かけになったらいかがでしょう。鶴留の南を山越えをし、鹿島ノ森からテニスコートの脇を抜け、今は記念館になっている室生犀星の旧居に行くのです。

親しかった評論家がこのように回顧していたように記憶しています。犀星と二人で散歩するとお土産に赤い大きなオランダチーズを買ってくれたり、喫茶店に入るとソフトクリームを注文し、和服の袖に入れてあるスプーンをひょいと取り出して食べたとか。

これでも、まだだめでしょうか。いっそのこと、桔梗が丘別荘地3－B区画にエピソードを捏造《ねつぞう》してしまえばいいのです。かつては北原白秋の散歩道で、見晴らしのよいこの場所で必ず煙草を一服したとか。胸ポケットからゴールデンバットを取り出し、しばらく口にくわえたまま空を見上げ、おもむろに火をつけるのです。白秋が愛煙家だったかどうかは知りませんが。

要するにリゾート地に価値を付加するのは、訪れた名高い人物たちのエピソード資源だとしますと、想像的案出はつきものみたいなもの、最初から創作してしまえばいいのです。

K様、白秋が煙草を吸ったことで有名な3－B区画、ぜひともご購入の決断をお下しください。手付け金の有効期限は明日までです。


K氏は、結局、問題の別荘地を買うに到らなかった。白秋の煙草に始まるエピソード創作の連想の鎖を断ち切れなくなり、そのゲームにすっかり疲弊してしまったのだ。一か月後、「株式会社グリーン・リゾート」から桔梗が丘別荘地特別区のE、I、L区画をそれぞれ二百万円引きで購入しないかという打診があったが、迷うことなく断ったそうである。

マンソンジュ氏の日本滞在——忘却に抗して

前世紀末ごろに劇的な復活をしたものの今やふたたび忘却の彼方に消え去った謎の哲学者マンソンジュ氏をもう一度思い起していただきたい。一度も記憶されたことがないものを、どうやって思い出せるのか、という質問は言い掛かりだ。それは単なる情報不足にすぎないのだから。

まさしくマンソンジュその人の哲学にふさわしく、二十世紀思想史の空白を彼自身の不在において埋める逆説的偉業、つまり誰もこれまで気に留めることはなかったドーナツの真ん中の空虚をバームクーヘンの真ん中にぽっかり空いた穴によって埋めるに等しい快挙を見事に成し遂げた人物。言うまでもなくマルカム・ブラッドベリが一九八七年に発表した『マンソンジュ』（日本語版『超哲学者マンソンジュ氏』は一九九一年刊）が、この稀有の思想家の消息を伝えるほとんど唯一の信頼に足る文献である。したがって、多少煩瑣とはいえ、本題に入る前にこの貴重な著作のごく簡単な復習をしておかなければならない。

しかしながら、ブラッドベリによるマンソンジュの主著についての「解釈しようとする者がどんなに豊かな知性と能力を持ち合わせていようとも、いかなる要約も寄せつけない書物なのである」という言い方は、『マンソンジュ』の要点を述べようとするときにも当てはまる。もちろん、このような言い訳をした後に、困難とわざわざ宣言した当のことを多少もったいぶって実行するのは世の習いのとおりで、私も同じことをしようとしているわけだし、何よりブラッドベリ自身が「要約」らしきことを行なっている。しかし、少し込み入ったテクストに出くわすと「要約不可能」と断言して威張ってみせる、いささか堂々とし過ぎていないこともない連中の吐く聞き飽きた常套句など寄せつけぬこのブラッドベリの試みの優れた点は、「何も語っていないことを語っている」マンソンジュ的な袋小路に身動きがとれなくなっている状態、要するにマンソンジュの捉えどころのないしぐさを巧みに擬態として演じていることなのである。言うまでもないが、これは単に「豊かな知性と能力」だけでは無理な力業であり、しぐさをしぐさたらしめるタフな体力と図太い愚直さが必要なのだ。「タフ」とか「愚直」と言っても、何を論ずるにつけ〈魂〉なる言葉をいかにも大事そうに平気で口にできる一部の「知識人」の図々しく鈍感な無神経さとはまったく異なるのであり、これは少なくとも、マクドナルドとモスバーガーのハンバーガーの違い以上のものは確実にある。

しかしこうまで述べてしまうと、「豊かな知性」にも図太くタフな神経にも若干不足を感ずる私としては、『マンソンジュ』の要点を示すのがだんだんと億劫《おっくう》な気持ちになってきた。これはよく言われるビーフシチュー・シンドロームの一種かもしれない。つまり料理を作っているうちに、だんだん食べる気がなくなっていってしまうのは、なぜか一般にはビーフシチューが最も多いそうで、総じてどんな料理でも作っているうちに食欲がどんどん減退していき、食べてもいないのに胸やけを起こすような症候をそんなふうに呼ぶのだそうだ。ありがたいことに、どんな領域でも即席のレトルト食品に似たものは市販されていて、さっそくそれを利用させてもらう。『たのしく読めるイギリス文学・作品ガイド一五〇』というのがそれで、『超哲学者マンソンジュ氏』の「あらすじ紹介」として次のように書かれている。

二十世紀最後の二十五年間における生活と思想の基調を支配していたのは構造主義／ディコンストラクションというラディカルな新思潮である。この思想が重要なのは人間の言語活動の土台を否定し去ってしまったからだ。今や、いやしくも何かを考えようとする者は、これらを避けて通ることはできない。そしてこうした一連の思想の流れの中心に位置し、その予示段階から消滅まで決定的な役割を果たしたのが、ほとんどの人に依然知られぬまま今日にいたっているアンリ・マンソンジュなのだ。彼は不在の徹底性において未曾有の人物であった。つまり彼は存在し現前しながら存在と現前の幻想性を我々に説いた人々よりもはるかに直接的に、存在と現前の幻想性を身をもって暴いたのであり、したがってバルト以上にバルト的、フーコー以上にフーコー的、デリダ以上にデリダ的、ドゥルーズとガタリ以上にドゥルーズとガタリ的人物なのだ。かくのごとき思想家の探求が、学者としての私に尋常ならざる問題を強いることは言うまでもない。

私はオーストラリアの熱帯林の奥で開かれた文学祭で、初めてマンソンジュのことを知って以来、迷路をさまようがごとき探求を根気よく続けてきたが、その経歴は謎めいて断片的にしかわからない。

彼は第二次世界大戦（別の戦争の可能性もある）のさなかにブルガリアに生まれたらしい。青年時代に何らかの争いのため故国を去りフランスにやって来て、やがてパリ上級高等学術研究院に進学し、ロラン・バルトの指導を受けて、最初は道路標識の研究に没頭した。その後、彼の正式な署名を持った唯一の書物である衝撃的な幻の書『文化行為としての性交』（略題『フォルニカシオン』）がクスクス出版局から刊行された。この本は当初からポルノグラフィーと誤解されるなど数奇な運命を辿った。出版社の乱雑な本の造りを反映して、一冊一冊のテクストが微妙に違っている上、配本もいい加減でごく限られた本屋でしか売られなかった。しかも他の出版社が復刊をしようとしても、奇怪なことに、もはや存在せぬクスクス出版局がいまだに版権を所有していて実現できないのである。この稀有の書物の行なった〈性交のアナロジー〉の〈脱交接化〉の試みとは……

多少ぎくしゃくした紹介なのは問題の本の性質上しかたがないであろう。あるいはこうした錯雑とした書き方になったのはパロディ的な味付けを加えようとした結果なのかもしれない。出されたラーメンに大量の胡椒はもちろんのこと、辣油までたっぷりと加えて、店に同行した仲間たちの気分を悪くさせる人物は、いつの時代にもいるものなのである。それはともかく、このガイドブックの執筆者が、幻の名著『文化行為としての性交』(『フォルニカシオン』)とマンソンジュ自身の存在を非在化する明快な矛盾に満ちた論述の続く後半の読ませどころをうまく逃げているのは、賢明な判断と言える。『マンソンジュ』を論じたパリ大学のミシェル・タルデュ(英語訳はデイヴィッド・ロッジが担当している)の評言を引用すれば、この記述の作業は、「不可避的にパラドックスと矛盾に満ちたものとなるほかはない」のだし、そこに立ち入ると「認識論的懐疑のブラックホールに否応なく引きずり込まれる」ほかはないのだから。

いずれにせよ、ポストモダンの思想と文化の先端を歩んだ一人の謎の哲学者を追求する『マンソンジュ』は、例えば「デリダ」なる名辞に一過性の感情以上のものを刺激される者には、大いに有益な読書を約束することは間違いない。マンソンジュ研究の先駆的な役割を果たす本にふさわしく、かなり丁寧な参考文献一覧が付けられていることも熱心な読者には有り難い。ほとんどの書誌がそうであるように、若干の遺漏があるのは止むを得ないであろう。私自身が気がついただけでも、イーハブ・ハッサンの「オルフェウスの裏声／マンソンジュの散種の哲学」、フレデリック・ジェイムソンの「マンソンジュと性欲奪取（アファニシス）」、その後期資本主義的課題」という二つの重要な論文と、マンソンジュがまだほとんど世に知られない比較的初期に属するサマデ・ソウモレードの論考「マンソンジュにおける自己のテクノロジー」が抜けている。

ところで、少し注意深い読者ならば、この参考文献一覧に日本関係の論文が二点入っていることにすぐ気づくであろう。テレンス・ホークスの「日本のマンソンジュ——あるニアミス」とアンソニー・スウェイトの「マンソンジュ——手ごたえあり」というものだ(ついでながら、日本の大学に講義をしに来るたびに、スウェイトは自分の名前をアントニーと発音しないでほしいと注意したという。これはT女子大学・W教授からの情報)。

前者はロンドン・レヴュー・オブ・ブックス、後者がロンドン・レヴュー・オブ・マガジンズに掲載されたとされている。しかし研究者の間ではよく知られたミステリーであるが、該当する両雑誌のどこを調べてもこれらの論文は載っていないのである。ただし書誌的な誤情報を招いた原因が何かあるとすれば、両誌とも前号に次の号の内容紹介として執筆者・論文名がはっきり書いてあったことかもしれない。当然どこかの団体からの圧力や何者かからの抗議が推測されたが、真相はわからない。この不可解な消失のミステリーもまた、図らずもマンソンジュ哲学のパロディ的反復に思えてしまう。そもそも「マンソンジュ」を思考すること自体、ブラッドベリの言い方を借りれば、「みずからを不在にし、われわれを不在にし、ここでもなく、そこでもなくなる」ことなのだ。

ミステリーはさらに続く。問題の二つの日本関係文献は非在の書物（この場合、正確には雑誌）として自ら存在を遊戯するという、またもやマンソンジュ的身振りに付き合わされることになったのである。ここでふたたびブラッドベリの「ある意味においてこの本はまったくそこにないことを主張している」という言葉を想起することは勝手であり、コールドストーンクリーマリー・アイスクリームのトッピングにこだわるのと同程度くらいの意味はあるであろう。

二週間前のことだが、私は某デパートの特設会場で開かれた「夏の古書大市」に出かけた。最終日のせいか特別な収穫もなく、何十年も前に至文堂から出た吉田精一編『近代名作モデル事典』だけを買って、最後に洋古書店のガリヴァー文庫の棚を覗いた。岡倉天心の署名の入った『茶の本』の初版本に大いに心が動き、顔なじみの店主と値段の交渉をしたものの手が出る値段には程遠かった。

「では、こんなものに興味はありませんか？」

と店主は帰りかけた私を引き止めた。

「自家製本みたいですね」

抜き刷りのような冊子に簡単な製本のしてある極めて薄い本を手にとりながら、私は言った。

「ええ、雑誌論文の校正刷りを二つ合わせて製本したものです。校正といっても、念校の済んだものですから、単行本で言えばアドバンス・コピーです。体裁はともかく、資料として貴重ですよ。マンソンジュの日本体験を紹介したもので……」

「マンソンジュって、あのマンソンジュ？」

「ええ、あのマンソンジュです。ブラッドベリの本に載っている日本関係文献ですよ」

とまだ若いながら老獪な研究者のような風貌をした店主が、相手の関心を試すような表情で言った。

「でも、あれは二本とも予告だけで、実際には掲載されなかったんじゃなかった？」

「そのとおりです」

「どういうこと？」

「ですから校正刷りなんですよ。二つの文ともまったく同じような理由から、最終校の段階で没になったんです。でも、どちらの編集部とも密かに数冊だけ完全な版を作ったらしいです。又聞きですけど、編集部に関係していた某アイルランド人の証言がありまして。その人員はカナダのモントリオールに住んでいることはわかっています。申し訳ないんですが、これ以上の詳しい話は迷惑がかかる人もいるんで話せません。この校正刷りがどのように流れてきたか、ここまでの私の話からご推察下さい。とにかく、校正刷りも今ここに存在するだけの可能性が大いにありますね」

私が抑えがたい興味を抱いたことは言うまでもない。

「どうして、編集部は没にしたんですかね？　筆者のホークスとスウェイトに聞けばすぐわかることだと思うけど」

「それが、妙なことに二人とも口裏を合わせたように、そんな文章を書いた覚えはないって言っているそうです。でも直接原稿を受け取った編集者がいるんだし、何より二人とも校正刷りをもどしたんですから」

「どうして編集部はそんなぎりぎりの段階で掲載を見送ったんだろう?」

と私は同じ質問を繰り返した。

「さあ、そういうことを研究するのは私たちの仕事じゃありませんから何とも言えません。でも……」と店主は少しためらうような声で続けた。

「これはあくまでも私の個人的な推測ですが、マンソンジュは確かブルガリア生まれでしたよね。もちろん日本に来た当時はまだ東西対立の時代でしたから、当人がどのような立場だったかは別にして、何か諜報活動に関係のあるところで迷惑がかかる人物がいたんじゃないでしょうか。校正刷りの段階で、そのことを察知したどこかの機関が抑え込んだとか」

ご想像どおり、私は結局その文献を買い求めた。存在を抹消されつつも存在している幻の論文。ここでもマンソンジュ的な消滅＝出現のドラマが演じられているのだ。私はまずテレンス・ホークスの「日本のマンソンジュ——あるニアミス」から目を通し、続いてスウェイトの「マンソンジュ——手ごたえあり」を読んだ。意外と言うべきか、当然と言うべきか、二つの文で扱われているマンソンジュの日本体験の内容はほとんど同じであった。慎重に読むと、素材も同一ではないかと思わせるところがある。例えば、マンソンジュの「日本文化」に関する最初のおぞましい体験として、パリ上級高等学術研究院に学んでいるとき、集中講義にきたアメリカの文化人類学者から教室で強制的に日本のイナゴの缶詰を食わされたことに触れている点だ（原文では缶詰となっているが、おそらく甘露煮の瓶詰ではないかと思う）。

これは学生の中に将来フィールドワーカーになれる者がいるかどうか

を調べるための、いかにもアメリカ人らしい少し茶目っ気のあるテストだったわけだが、マンソンジュは誰よりも先に、したがって食べる前に、猛烈な吐き気を理由に教室を抜け出し、どこかへ姿をくらました。ここで「私は完全なレベルの不在、それ以外の何ものにも誤解しようのないほどの不在をめざしてきた」というマンソンジュの名言を思い出したければ、それぞれ勝手に思い出せばよい。翌日の授業にマンソンジュは素知らぬ顔で現われ、いきなり挙手をして、「ヨーロッパもかつて昆虫食をしていたことがあり、ちなみにアリストテレスはセミの最後の脱皮前のさなぎが最も美味だと言っていますし、プリニウスの『自然誌』にはローマ人が昆虫料理を好んだことが書いてあります」と図書館でにわか勉強した結果を発表した。アメリカ人教師は呆れた顔をして、「きみがフィールドワーカーに決してなっていけないことは、十分に証明された」とだけコメントしたという。ホークスもスウェイトもこの話の素材をマーヴィン・ハリスの『食と文化の謎』によっていると思われる。

こうした小さな逸話ではなく、この文献に消滅＝出現という謎めいた奇怪な出版事情を強いられた具体的な理由があるとすれば、どのような内容の部分なのか。それに触れるとなると、私が読み取った限りの、しかもあくまで推測の域を出ないことを差し引いても、実は大いに躊躇するものがあるのだ。ブラッドベリがマンソンジュの『フォルニカシオン』を世に明らかにするときの「遅延」の気分と似ていなくもない。

「だがしかし……いまなお何かが――精神の麻痺か、それとももっと悪い何かか？――私に促しつづけるのだ、遅延せよ、引きのばせ、あとまわしにしなさい、と」

「遅延」（ないしは「差延」）という言葉自体が、何十年も前に洋菓子業界で隆盛を極めた例のニアミス、じゃなくてティラミスと同様に、もはや「遅れ」たものに過ぎないのかどうかについて、判断を早まってはいけない。この種の結論を出すのは、最低五十二年くらいかかるのがグローバルな常識であろうから。あくまで「遅延」は「遅延」らしく、立派に

「遅れ」ていなければならない。もちろん郵便関係者や宅配便業者が繰り返し言っているように、「遅延」というものは、仮にそれが望ましいものであっても、幸か不幸か永遠に続くことはない。

さて、そこで、いよいよ始めなければならないが、まだ迷いがある。マンソンジュは同じブルガリア生まれのジュリア・クリステヴァとリヨンの自転車競技会で思想的な意見を交換し合い、一箱のビスケットを分け合った、といった程度の逸話の紹介であれば、私はこれほど躊躇したりしない。どうしてか。説明の仕方によっては、マンソンジュの熾烈なまでの潔癖さに貫かれた不在性、あるいは現前性の完璧な抹殺が、哲学的アポリアとは何も関係ない単なるスキャンダラスな失踪劇にすぎないと受け取られてしまう可能性があることを恐れているのだ。二つの論文の中に、洋古書店主が推測していたマンソンジュ＝スパイ説の有力な証言があるのかどうかだけでも、せめて答えておくべきかもしれない。しかしこれとて、そうだとも言えるし、そうでないとも言える。ここでダブル・バインドとして知られるマンソンジュ的袋小路を再び謙虚に思い出すことは、それなりに重要なことであろう。

われわれは語るべきあらゆることをもち、それを語るすべをまったくもたない。もしくは逆に、語るべきことを何ももたず、それを語るあらゆるすべをもつ。

縛ってあったり、結んであったりする物の多くがそうであるように、バインド状態（しかもダブルに！）は常に贅沢であることは承知している。自らこれを求めて、快楽の声をあげる者がいるという噂があるぐらいだ。稲荷寿司だって、かんぴょうの帯が巻いてあるやつの方が贅沢に決まっている。私は贅沢にも貧しさにも、まったく偏見を持つ人間ではないが、生活的には昔から充満の記号よりもゼロ記号に縁があるという意味で、どちらかといえば貧乏に加担したい。ここまで言えば想像がつくと思うが、私のマンソンジュ的呪縛は少しずつ解かれつつある。

そこでまず、比較的穏当な次のような事実から示すことにする。マンソンジュは日本に滞在しているとき、自らがいわゆる「小泉八雲」という記号に回収されることを徹底して拒んだ。ただし約一年八か月の滞在中に、一度だけ日本への民俗学的関心を強く持ったという。それは愛知県の神社の道祖神崇拝としての巨大な男根像である。このあからさまにして余りに明朗な性の表象にマンソンジュは何を見たのか。ブラッドベリの指摘を俟つまでもなく、マンソンジュはフーコーよりもずっと早く、性の特権化の起源をブルジョアジーの成立に見出した。つまり「財産、プライバシー、家系という名目のもとに、商人階級はセックスをプライベートなもの、稀少なるものに仕立てあげ、その値段を吊り上げ、剰余価値を高め」、当然の成り行きとして「稀少さは秘密主義を生み、秘密主義は稀少さを生む」ことになったのだ。それによって男も女も他者はすべて「自己隠蔽の記号に変容」してしまう。あの『文化行為としての性交』(『フォルニカシオン』)こそ、ヨーロッパ文化のすみずみまで浸透しているそうした「交接の記号」、つまりあらゆる「性交のアナロジー」を葬り去る企てであった。しかも思考を思考たらしめるところのあらゆる自己幻想の残滓として至る所に挿入されている「意味」を「抜き取りたい」という試みに明らかなように、「大いなる男根虚偽」も「聖なる形而上的ヴァギナの神話」も決して延命させることなく、言い換えれば、「交接のコギト」のメタファーを使用しないという、精神がそれ自身を知るすべを失うことを余儀なくされる破壊的エクリチュールであった。愛知県で目撃したあの隠蔽されることなく屹立した男根像とそれに頰ずりしてすがりつく男女の群れは、マンソンジュにこうした恐るべき西欧形而上学の〈脱交接化〉の発想へのいかなる萌芽を与えたのか、ホークスも指摘するように今後の重要な研究テーマとなろう。

言い遅れたが、マンソンジュの日本滞在はもちろん『フォルニカシオン』が刊行されるずっと以前の一九五七年十月から一九五九年六月までである。実はこの日本にいた時期が、より複雑で屈折したマンソンジュ哲学の暗流をなすにいたる隠蔽＝露見のドラマ（あるいは事件）を知る端緒となろう。この問題に関しては、ホークスよりもスウェイトの文章の方がやや詳しい。

マンソンジュがロラン・バルトに師事したことはすでに述べた。そのバルトが日本に来たのは一九六六年から六七年にかけて三度で、滞在期間は全部で約八週間であった。そして日本を意味論的に記述しつつも美しいロマネスクの書であり、バルト自身が唯一の「喜ばしい幸福の書」と呼んだ『表徴の帝国』が、スイスのスキラ社から〈創造の径〉叢書の一冊として刊行されたのが一九七〇年である。（日本語版は一九七四年）。たとえば、この中の「いっさいの中心は真理の場であろうとする西欧の形而上学の歩みそのものに適応して、わたしたちの都市の中心はつねに《充実》している」のに対して、「わたしの語ろうとしている都市（東京）は、次のような貴重な逆説《いかにもこの都市は中心をもっている。だが、その中心は空虚である》という逆説を示してくれる」という有名なテーゼ（テーゼ？　おお、何と反マンソンジュ的な空虚を欠いた術語であることか！　私はいよいよマンソンジュの呪縛から脱しつつある）を教示したのは、日本から帰国して間もないマンソンジュであった。パリのあるイタリアン・レストランで二人が食事をしているとき、マンソンジュがスパゲッティを強い調子で拒否し、断固としてマカロニの空洞を擁護したことが重要な議論のきっかけとなったという。この部分はホークスの文からの紹介である。ホークスも少し途惑いながら告白しているように、問題はバルト自身はこのことを否定している点だ。それどころかマンソンジュに関して自分が知っていることは、彼が日本に行く前から失踪していたという事実だけだと言明している。

しかしスウェイトの方の説明によると、『表徴の帝国』にはマンソンジュの情報提供を受けていると思われる部分が他にもたくさんあるらしい。そこでスキャンダラスな失踪劇に誤解されては困ると私が先に述べた、実に微妙な問題にいよいよ触れなければならない。微妙だとわざわざ私が言う理由は、スウェイトはその堅実な学風を反映してか、調べがついた事項を何の予断もなく客観的に淡々と記述しているのだが、まさにそれ故に読む者に一つの事件にまつわる「ストーリー」の構成を喚起させてしまうからである。だから私は決して断言をしないつもりだ。これはぜひとも念を押しておきたい。

まず『表徴の帝国』の日本版で言うと一二八、九頁の浅草の神輿祭りの写真を見てほしい。左の端のやや上に白い帽子を被った幼い男の子がいる。そのすぐ脇に白人の老人が写っているはずである。そしてその横に二十代後半くらいの日本人女性が顔を覗かせていると思う。実はこの老人は、日本に観光旅行に来たマンソンジュの父で、かつては外交官であった。ブルガリアが人民共和制になったとき旧ソ連との間で密かに重要な役割を果たした人物だという。日本人女性はマンソンジュと親しかった、より正確にはマンソンジュの友人のベルギー人神父と親しかった

BOAC（英国航空の前身）のスチュワーデスである。そしてこの写真を撮ったのがその神父で、名はルイ・ベルメルシュ、撮影年月日は一九五八年の五月十七日となっている。これらはいずれも写真の裏面に鉛筆で記録してあるそうだ。マンソンジュは当時ベルメルシュときわめて親密な関係にあり、彼の修道院から名を変えていくつかの語学学校にアルバイトに出かける生活をしていた。この祭りの日に彼らと同行しなかったのは、この仕事の都合のせいだろうと思われるが、本当の理由は不明だ。

この頃マンソンジュは約三十歳であると推定され、そうだとすればブラッドベリすら彼の生年に関しては自信なさそうに述べていたのだが、逆算して一九二八年前後と考えられよう。それはともかくとして、この祭りの見物の翌年の一九五九年（昭和三十四年）三月十日、ある殺人事件が起こるのである。いわゆる〈スチュワーデス殺人事件〉として知られているものだ。ちなみに、『昭和事件史』によると次のように記載されている。

東京都杉並区大宮町の善福寺川でBOACスチュワーデス（27）が水死体で発見された。警視庁捜査本部はこのスチュワーデスと密接な関係にあった杉並区のドン・ボスコ修道院のベルギー人神父（38）を重要参考人として任意捜査で取り調べを重ねた。しかし真相は解明されず、神父への疑いも晴れないまま六月十一日午後七時四〇分羽田発のエールフランス機で神父はベルギーへ帰国、事件は謎を残して終わった。

殺された女性は東京と香港の間を往復するスチュワーデスで、BOACに入社したのは彼女が通っていた教会関係者の紹介だったという。捜査陣はその線から彼女の交友関係を調べた結果、有力な容疑者として浮かび上がったのがサレジオ会ドン・ボスコ修道院の神父ルイ・ベルメルシュだった。逮捕に手間取った理由は、これが単なる痴情事件の捜査ではなく、教会を隠れ蓑にした東京と香港を結ぶ麻薬ルートの解明のためだったという説がある。サレジオ会は敗戦直後の日本で、闇物資を動かして大儲けをした実績があるという噂もあった。実際、神父が彼女を麻薬の運び屋として使っていたという推理で、松本清張が『黒い福音』を書いたことはよく知られている。結局、逮捕に到らなかったものの、今日までこの事件を記憶している人々のほとんどは、神父が犯人であると信じている。

ところでスウェイトの調査によると、なぜかわからないがマンソンジュはベルメルシュ神父よりも早く五月六日にマニラへ向けて出国している。いったいこの三人はどのような錯綜した関係にあったのか？　また前年に来日したマンソンジュの父は、この三人に何か特別な役割を果たしていたのか？　そしてこれらの事実を記した論考が二つともゲラの段階で掲載中止になった経緯とこの事件はどのように結びついているのだろうか？　真相は依然として推測の域を出ない。

殺されたスチュワーデスの死体に残っていた体液から、前夜に会った男の血液型はOのMN型と判っている。もちろんその男が犯人と決めつける絶対的な根拠はない。しかし興味深いことに（と特に言うが）、学生時代の身体検査表からマンソンジュの血液型はOのMN型と判明している。先にもはっきり述べたように、こうした事実がいくら「ストーリー」の構成を喚起させるからといって、私は決して断言をしているのではない。しかしそれでもなお、マンソンジュが「性こそはあらゆるシニフィアンの中でも最も虚偽なるものである」と考え、ついには知それ自体の〈脱交接化〉の果敢な挑戦である『フォルニカシオン』へと結実する背景に、このような反＝上半身の形而下的な現前性が関与しているとすれば、私たちは大いに安堵の溜息をもらすことができるのではないか。なぜならここにあるのは、たとえどれほど倒錯的な方法であれ、人生の〈失敗〉の教訓を生かそうという、あっけないほど素朴な〈贖い〉という古典的な人生処方なのかもしれないのだから。そうであればこそ、あえてブラッドベリに反論するわけではないが、ポスト・モダンは単にマンソンジュの偽装で、むしろ彼はレトロ・モダンの思想家と言うべきであろう。間違ってもマンソンジュを「先鋭」な思想家と呼ぶことはできない。「先鋭」なるものは、その立体像を思い浮かべればすぐわかるように、強い劣等意識に起因するもう一つの〈男根〉的執着に他ならず、それこそマンソンジュの否定した「大いなる男根虚偽」なのだ。ここで勢い余って、かつてそれなりに活況を呈していた人々、マンソンジュ風に言うならば、「現代去勢学研究の基礎を築いたあのジェンダー調査官の一群」が最も「先鋭」であるなどという古くさくて下品な皮肉は、決して口にしてはならない。

ブラッドベリは超絶の大哲学者マンソンジュの事実上の発見者であり、その哲学研究の第一人者だけあって、『マンソンジュ』が緻密にして周到に書かれた本であることは否定しようがない。その彼にしても、「ある意味でマンソンジュの著作こそ最後の書物、現代思想の棚を完成し、かつ終わらせた書物であることは明らかだ。拙著はそもそもが蛇足、そして私自身にしてからが、大立者にくっつく小さな学問的尻尾にすぎない」と述べるとすれば、私のこの駄文などそのまた尻尾の尻尾、奥深いマンソンジュ思想のスープのダシすらも味わっていない代物であり、やがて忘却の底へ沈んでいくことは、十分に自覚している。

本稿はある雑誌から「書評」として執筆依頼を受けたものだが、当時たまたま新たな「事実」を示す資料を入手していたこともあり、このような少し長めの報告の形の掲載を許諾してもらった。したがって、書評の異装とも言える。なお、『マンソンジュ・ニューズレター』(七号)に発表したエッセイと一部内容が重複していることをお断りしておきたい。

契約

借りた金ではない貸した金のために、私は脅迫を受けている。その脅しをひっそり楽しんでいる。返済額は四六五万一千円。返すと迫られても、金など貸した記憶はまったくない。理不尽なほど透き通った中年男の声が凄む。

覚えがないとは言わせない。契約書もあるぜ。
人違いでしょう?　こんな夜中の電話迷惑です、切りますよ。
ちょっと待ちな、話はまだ終わっちゃいない。

透き通った声が大きくなる。透き通ったものはすべて気持ち悪い。私はそんな思いに捉えられる。

間違い電話ですよ、そんな大金、貸せるわけがない。

吐き出す息の勢いのまま繰り返す。
男は引き下がらない。

金を受け取らないっていうことは、契約書どおり仕事をやれという意味だな?

何の契約書ですって? 私の書いた契約と名のつく書類はアパートの賃貸契約書ぐらいです。

あんたの嫌いなあいつを殺して欲しいという例の契約だ。忘れたとは言わせない。もっとでかい仕事が入ってこんなけちな約束はご破算にしたくなったんだ。

まともに相手にしてはいけない男だ。ようやく私は冷静さを取り戻す。というか、間違い電話を楽しむ余裕をすっかりなくして、本格的に怖くなりだす。私は電話を切るタイミングを測る。

生かしておきたくない人間が一人いると言ったよな？

もしそう訊かれるなら、あいつとあいつとあいつの三人と正確に答えたいところだが、私は沈黙をまもる。

今から思えばこの金で人殺しの請負じゃ割に合わない。そんな金でも返すなというならしかたない。すぐに約束どおり仕事にかかるぜ、それで文句ないな?

ないよ、と私は投げやりに答える。しかし電話はすでに切れている。

いったい何のゲームだったのか? 見知らぬ人間同士、どちらがどちらをからかったことになったのか。明かりを消して一時間、私はまだ闇に向かって目を開いている。

気のせいだろうか、玄関の辺りで密かに鍵をこじ開ける音がする。

空気が動いて、人影が近づく。私は殺しの契約を問いただす。

III

狸の死骸

夢の話を聞かされるとき、どうして窮屈な気持ちがするのか。「きょう、こんな夢を見たよ」と言われた瞬間、急いで関心のありそうな顔を作るためか。

家族旅行のアルバムを見せられるのに似て夢の出来事の顚末を聴くのは億劫だ。ましてや自分が語るとなれば、石ころのような塊を胸から吐き出す気分が先立つ。それなのに今、石を吐き出す気になったのは、どうやら同じ日の明け方、君の見た夢の裏側に私の夢が入り込んでいたらしいからだ。

どこか草深い小さな一軒家に君は住んでいる。初秋の午後、庭先に音もなく自転車が侵入してきたのだが、白い背広姿の中年男がまたがり、狸の死骸を担いでいる。

君が何か言いかけるより早く、「そんなもの、運びこまないでください」と君の妻が叫ぶ。君は頷くものの、気弱そうな男に同情して、肩に下がる長い焦茶の尻尾のつやつやした毛並みを誉めてやりたいのだが、声が喉に詰まって出てこない。

男は自転車に乗ったまま玄関を上がり、がらんとした居間を突っ切って裏庭に抜け、川沿いの小道を遠ざかる。

君たち二人は台所の窓から、男の大きく腕を振る仕草とともに狸の死骸が葦の茂みの上に投げ上げられ、川淵へ落ちていく緩やかな動きを見る。このとき新聞がポストに挟まれる音がして、自転車がバイクの響きを残して去った。

自転車の男は私だったらしい。しかし、担いでいたのは狸の死骸ではない。そっとタオルにくるまれた、もっと柔らかく温もりのあるものだった。

ようやく持ち主を捜し当て戸口の赤い警報器のような呼び鈴を鳴らすが、応答がない。裏口に回ると、「切り花、売ります」の細い紙片の横に君の昔の女の名がある。耳を澄ませば家の中から水音がする。この夢の秘密を君に暴くのは友情に背くだろうか。

悩ましい気分が冴々と膨らんできて目が覚めた。

私の夢は君に言わないでおく。真実に触れる夢も夢に近い真実も、語るのは、どちらも亡者の仕事だろうから。

安定走行

カーオーディオからたばこの煙がひとすじ流れ出て、「人情、愛情、みな情報」とコマーシャルが聞こえた。

東北道、時速一〇〇キロの安定走行が続く。そこでしばし思いめぐらす。

過剰であるとともに欠けているもの、欠けていながらすでに過剰であるもの。

高圧電線の下の田圃は収穫を終えたばかりの荒涼たる休息、反対の上り車線は大渋滞だ。

下り車線の車はまばらで、車は時速一二〇キロの安定走行にいたる。ラジオから流れる人生相談。

恋情、心情、すべて大渋滞が続いている。キッチンの味醂は女がいる証拠ですよ、そんな男とは別れなさい。それができれば相談なんかしませんって。それにしても昭和っぽい助言ですね。はいここで、サプリメントのコマーシャルです。

薄情、劣情、みな情報、車は時速一五〇キロの安定走行にいたる。前方の雲間にのぞく淡い青空から、金色の柱が降り立つ。黄金の時間、情報は生きている。

首都高速三号線青山トンネル、ただいま事故車の撤去中です。コンクリート壁は濁った灰色の横縞の帯となって背後に飛び去る。

ハンドルは重く、時速一七〇キロ。それでも、なぜか安定走行と思ったのは一瞬のこと、右のタイヤが小石を踏んで車は傾ぎ、波打つ車線の思わぬ錯綜で、脳細胞が軋みブレーキがかかる。

疾走中の命を逸脱させる小石のような異物をタイヤが拾った。人生の道なりの落下物はいつでも永遠の未確認情報なのだ。気がついたときは踏んでいる、踏まなければ気がつかない。

車を退避線に寄せて見渡すと、野にコスモスが咲き乱れ、季節に遅れた向日葵《ひまわり》が一本、何かの不在の徴《しるし》のように伸びている。この私という太古から続く命の連鎖を思う秋の日の余情が重なる。きっと余情も情報にちがいない、芳情も温情も厚情も、多情も発情も痴情も、もちろん私情も。

たぶん私情とは命の奥にひっそりとかかえた情報なのだ。私の遺伝子のなかに、ついで神経系のなかに蓄えられたもの。原初の液体のアミノ酸が約四十億年前、最初の細胞へと姿を変えてから続く生命の情報がある。

何のための疾走なのか。車はふたたび、時速一〇〇キロ走行を回復する。小石の情報はまだ届かない。

姫りんご

深夜に読んではいけない本がある。『犯罪百科全書』とか、『最新版・家庭の医学』ではない。『世界の笑話』でもない。そっと教えるが、『植物なんでも事典』なのだ。私はそのことをたった今、確信したところだ。

眠れなくなるかもしれない。眠れないのは明日の朝、簡易裁判所に出頭し、高速道八〇キロオーバーのスピード違反で行政処分を受けるからではない。うかつにも『植物なんでも事典』を開き、植物がポリグラフに反応する項目を読んでしまったからだ。

一九六六年、アメリカのとある警察の嘘発見器の専門家グレン・バクスターは、植物に感情的刺激を与える実験を行なった。部屋のサルビアは小海老を熱湯に入れるのを見るや、ポリグラフの記録紙に叫びの痕跡のようなぎざぎざの線を描きだした。

バクスターは六人の学生を集め、その一人に隣室の二つある鉢植えのポトスのどちらかを引抜き、足で踏み潰してくるように指示した。殺戮を目撃したポトスは別室で犯人の学生を目の前にすると、激しい恐怖の証拠をポリグラフの針の揺れに示したという。

深夜、私は急に思い出す。ベランダの姫りんごに一週間、水をやっていない。あれは何日前だったろうか。柚子の木に水をやっているとき電話が鳴った。ダイヤレジデンスはいかがでしょう? 五戸は地元優先の分譲です。いりません、と返事をした後、姫りんごの水やりを忘れてしまった。

あわててベランダに出て、溢れだした後悔の気持ちにふさわしく洗面器いっぱい、水をかけるというよりたっぷりと水を浴びせる。この愛の行為は通じるはずもない。枯死か根腐れか、後手に回った愛はいつも凡庸な末路をたどる。

帰路

道路の隅に黒いビジネス・シューズが一足、律義に踵《かかと》を揃えて放置されている。素足で車に乗る習慣の潔癖なドライバーが靴を脱いでそのまま忘れた、と順当な想像なのに落ち着かない。身投げをそそる橋の上でもない。頭をたれる聖堂の前でもない。犬の小便が斜めに引っかかる電柱があるだけ。

靴の生真面目な表情に心動き、捨て猫の相手をするように口調だけは優しく呟く。

さっさと諦めたほうがいいよ。

置き忘れたものか、脱ぎ捨てたものか、生の岐路は曖昧なようで明快だ。私は気まぐれに携帯電話へ靴の置かれた状況描写を、細々と吹き込む。

アメニティ・プラザ通りに紳士靴が一足ぽつんと落ちてます……

こうして呟きを反芻し家路を急ぐ。

予感したとおり、背後に靴音が続く。振り返るな、無視しなければいけない。それが人生をシンプルに保つ小さな秘訣だ。

靴音がぴたりと止まる。安堵する間もなく爪先に痛みが走り、私は靴を脱ぐ。あったかもしれない、ありうるかもしれない素足の生活に、しばし思い巡らす。靴を履き直し、児童公園を突っきる近道を行く。植込に潜む暗闇が足元に絡む。

インド更紗の漂流

くすんだ茜色《あかねいろ》のその古布《ふるぎれ》を見たとたん、欲しくなった。「茜地枠入花模様更紗」というインド更紗である。

この更紗が私のところに来ることになった経緯は、いささか因縁めいた話となる。

ある夏の日、額縁の工匠のAさんを訪ねた。約百年続く絵画額縁商の三代目にあたる人で、詩人でもある。グループ展に出す私の絵の額をどうするかという相談の後、彼は、「ほんとうは、仕上がりの期限の決まっている仕事は断っているのです」と呟いた。三十年前に結核で片肺を失った細い声だった。私はAさんの体調のことに頭が行き、無理をお願いして申し訳ありませんといった意味のことを言ったように思う。しかしそれが誤解であることはすぐに判った。

絵を預かってから、まずそれを毎日見つめ、タブローに相応しい額の材質選びに熟慮の時間を過ごす。いかにタブローを存在せしめ、生かすか、作品との対話が続く。優れた絵であればあるほど、安易な付け合わせは通用せず、作品自らが引き寄せる出会いの時を忍耐強く待たなければならない、とAさんは言う。

「作品にも意志があって、その呼び掛けで他のものも自ずと集まってくるのです。問題はそれまで待てるかどうかです。ですから、私は額を作るというより、もの同士の幸福な遭遇を待つ人間でしかないのです」

ところが、「仕上がり」は、その段階で終わりになるわけではない。今度は絵と額をしっくりと調和させるため、依頼主に渡す前にいったん部屋に飾り、ときに数か月間にわたって風に晒し、空気に馴染ませるのだ。

そのように進めた最近の仕事の例として、Aさんは大正期に夭折した画家・詩人の村山槐多の絵のための額縁制作の話をしてくれた。依頼主は不思議な人物で、何も条件を言わず、一切任せますからこの絵に一番ふさわしいと思う額を作ってください、とだけ言って立ち去った。

Aさんはそれからの数か月、ジョコンダ夫人を思わせる謎の微笑を浮かべた女性の肖像画と毎日向き合い、額の想を練った。考えあぐねた頃、出入りの古物商が珍しい古布が手に入ったと言ってやってきた。鬼手と呼ばれる大判のインド更紗を半分に切った布で、沈んだ茜の地に蔓草の小さな花が散りばめられている。Aさんは即座にこれを槐多の絵に合わせることを思いついた。

花と蔓が絡みながら並んでいる約一五ミリ幅のボーダー部分を切り取り、額の周りに溝を掘り刻んで、その花模様の更紗を埋めたのだった。それは着物姿の女性の肖像画と見事に調和した。そして例によって、部屋に飾り、空気に晒すという最後の仕事を終えると、頼まれてからすでに十か月近い時間が経っている。

ふたたび夏が近づき、依頼主ではなく、その妻と娘が絵を受け取りにやってきた。そして完成を楽しみにしていた本人は、三か月前に病没したことを知らされた。Aさんは二人に同行して、仏壇の前で完成を報告し、遺影に向けて絵を見せたという。

「たとえ端の部分だけしか使わなかったにしろ、槐多の絵のためにだけ、買った更紗です。もう用はすみましたから、気に入ったのでしたら差し上げます」とAさんはさりげなく言った。

「それじゃ、申し訳ありませんから買わせてください」

Aさんは手で私を制した。

「失礼ながら、あなたの給料じゃ、とても買える値段ではありません。気に入ってくださったんで差し上げる、それでいいじゃありませんか」

後で知ったことだが、その更紗の裏には東インド会社の社印が押してあった。しかも国立博物館の技官の鑑定によると十七世紀以前の更紗であることは間違いないという。

更紗をあげると言った瞬間、Aさんの顔にかすかに途惑いの色が浮かんだように見えた。しかし、そうした私の気持ちを察したかのように彼はこう言った。

「差し上げるのではありません。あなたに預かってもらうのです。この古布は私たちよりも遙かに長生きをしています。これからもそうでしょう。ただ私たちのところを客人のように留まるだけなのですよ。いずれあなたも、誰かにこの更紗を託してください」

このインド更紗は何百年もの間にどのような人間のドラマを目撃してきたのだろうか。おそらく奇異な漂流の歴史を持った布にちがいない。私は布地に染みこんだ記憶をたずねる仕事にとりかかった。

真夏の楽興

家財の差し押えをくったその貧乏な医学生に残されている物は、唯一の家宝とも言うべき叔母の骸骨一体しかない。叔母の名はミリアム。彼女は医学の進歩に貢献すべく医者一家の名誉を思い、自身の身体を提供した。関節をつなぎ合わせた人体標本になったミリアムは、首のところに掛け鉤《かぎ》がついており、壁に飾ることもできる。医学生に同情したある律儀な外交官は、「家宝」を執行官に見つからないように運び出す手助けをしてやる。

骸骨に緑色のビニールのレインコートを着せて抱きかかえ、往来を小走りで歩き、居酒屋に立ち寄り、バスに乗って身障者用の席に坐らせたりしながら、人々の驚愕と好奇の視線の中をさまよう……と、そんな話がロレンス・ダレルの小説にあったのを思い出した。

『グラモフォン』誌の特集「ロンドンの音楽シーンの今昔」に載ったプロムナード・コンサート（プロムス）の最終日の写真に、紙吹雪の中を骸骨を抱きながら歓呼している中年の男が小さく写っている。隣に気弱そうな若者の痩せた顔も並んでいる。

長い夏の音楽シーズンの最後を飾るこの演奏会はお祭り的な狂騒の場になるので、人体標本の骸骨を連れていくような悪戯心などとりたててとっぴな行動とは考えられず、やや人をたじろがせる程度のユーモアにすぎない。二人から少し離れたところでは、サングラスをかけた、長髪の若い女性が七面鳥の縫いぐるみを左手で差し上げている。

写真はマルコム・サージェントの後を継いで、コリン・デイヴィスがラスト・ナイトの指揮台に初めて上がった一九六七年のものだという。

オーケストラの演壇から客席を見下ろしたアングルで、指揮者の頭の上の方にだらりと腕を下げた骸骨が神妙な面持ちで虚空を見つめている。骸骨に「神妙な面持ち」とは迂闊な言い方だが、とにかくそうした表情に感じられるのだから仕方ない。

とりとめない想像にちがいないが、ダレルの小説の登場人物が作中から抜け出し、コンサート会場へ紛れ込んでいる感じだ。ウッディ・アレンの『カイロの紫の薔薇』の主人公が、映画館にいた人妻に恋をしてスクリーンから逃亡してしまったように、虚実の時空が反転して骸骨をかかえた二人組が、追っ手を逃れて小説の舞台のパリから各地をさまよい、ドーヴァー海峡を渡り、演奏会の賑わいへの誘惑を抑えがたくロンドンのロイヤル・アルバート・ホールに辿り着いた。ことによると、コンサートに行きたいというミリアムの願いを叶えてやるためだったかもしれない。

この想像に現実的な無理があるとすれば何であろうか。他でもない、プロムナード・コンサートのラスト・ナイトの切符を二枚、いや三枚、急に思い立って手に入れるのは、ほとんど不可能だということである。文字どおりプラチナ・チケットなのだ。しかもオーケストラに近い席に陣取るためには、十日以上も前から館外で寝袋を持って列に並ばなければならない。

仮にこの列の中にミリアムがいたとすれば、大いに歓迎されたかもしれない。順番待ちをすることも、さながらお祭りのような趣があるからだ。帽子やシャツにユニオン・ジャックを縫いつけた者、道化師の出で立ちで顔を白く塗りたくった者、あるいはフロック・コートや燕尾服で身を固めた者、それぞれが趣向を凝らした格好で集まっている。列の間を物売りも歩き回る。「プロム・オリンピック」と称して、ミルクセーキの飲みくらべ、寝袋の中での着替え競争、ホール一周障害物競争、列に並んだ者たちで演ずるオペレッタさえある。これほどまでして待つのも、ラスト・ナイトの最大のイベント、アーン作曲「ルール・ブリタニア」を歌って盛り上がりたい一心からなのだ。

私自身はラスト・ナイトに足を運んだことはないし、今後も行く気はない。「ルール・ブリタニア」を歌い、イギリス人の国威発揚の手伝いをする純朴な、それゆえコミカルな異邦人となる役回りに興味がないこともないが、何ごとにせよ剝き出しの熱狂を苦手とする人間だからである。

七月の後半から九月の中頃までの約二か月におよぶプロムスで演奏される曲目は、ポピュラーな名曲からめずらしい現代曲まで多岐にわたるが、あらゆる音楽祭がそうであるように、弛緩しきった凡庸な演奏も数多いし、後世の語りぐさとなる伝説的な名演などめったにあるものではない。それだけに、特別な期待を持っていなかったにもかかわらず、これぞ名演と呟きながら、感動を胸に秘めてコンサートホールを後にする演奏に出会ったときの心の弾みはこの上ない。まさしく不意打ちのような僥倖と言うべきものなのだ。

私にとって、ルドルフ・ケンペがシューベルトの交響曲第五番を振った一九七四年の演奏とモーツァルトのクラリネット協奏曲をジャック・ブライマーが吹いた一九七九年の演奏がそれにあたる。ケンペのこのときのシューベルトは、ピエール・ブーレーズに代わってBBC交響楽団の首席指揮者に就任するきっかけになった演奏であることを何年も後に知った。ブライマーの場合、演奏自体の感動とは別に、というか名演であるがゆえに招き寄せたにちがいない、少しほろ苦いエピソードを持っている。

実を言えば、これはプロムスの演奏会ではない。ロンドンの夏は、連日さまざまなホールで演奏会が開かれている。当日、私はなぜかプロムスの切符と思い込んでいて、ロイヤル・アルバート・ホールへでかけた。しかしブライマーの演奏会が開かれるのは、ロイヤル・フェスティバル・ホールであることに入口まできて気づいた。あわててタクシーで移動し、何とか開演に間に合ったが、このときばかりはロンドンという都市のほどよい広さに感謝した。

引退を噂されるブライマーがモーツァルトの最後のコンチェルトをどのように演奏するのか、名手の晩年様式というべきものに関心があって手に入れた切符だった。晩年の巨匠スタイルによくある、テンポをゆっくりとった端然とした構えの演奏とは異なり、明快にリズムをきざみ、しなやかによく歌う闊達なモーツァルトだった。さすがに流麗なテクニックとは言い難いが、若々しさとは違う潑溂とした晴朗感が情に淀むことなく広がる。それでいて、中低音域から下の響きの豊かさが繊細な陰影を作り、一瞬、惜別の情感が明滅する。あたかも束の間、西の空を染めた残照の変幻を見る思いがして、私は二楽章の半ばあたりで思わず不覚の涙をこぼした。

三楽章に入ってしばらくした頃、うっすら香水の匂いのする隣の老婦人の右手が動き、私の左手の甲に置かれた。そして「あなたの感動、とてもよく解りますよ」とでも言うように、そっと撫でてから引っ込んだ。奇妙な慰めの感触だった。

インターミッションになり、ロビーではグループで談笑する者、プログラムを読む者、ワイングラスを手に宙を見つめる者、それぞれに演奏の余韻の時間を過ごしている。私は窓のそばに立ち、暮れていくロンドンの街を眺めていた。テムズ川の水面が夕陽に照り映えている。耳の奥ではモーツァルトの最晩年の曲が鳴り響き、黄昏のきらめきに溶け込んでいく。

「あなたも、ジャックの演奏を聞きにきたんですね」

という声に振り向くと、隣席の老婦人が笑みを浮かべながら立っていた。薄いベージュのサマースーツに、黄色のブラウスが品のいい柔和な雰囲気を作っている。しかし私は返事をするより、その不自然に紅い唇のあいだからもれた、嗄《か》れた男の声に動揺した。よく見れば、頭髪は明らかに鬘《かつら》だった。

席に戻ると、前半ではそれほど気にならなかった香水の匂いが鼻をついた。プログラムはベートーヴェンの交響曲第七番、指揮はエドワルド・マータという中堅指揮者であったが、どのような演奏であったか、まったく記憶にない。二楽章が終わったところで、おずおずと老人の手がふたたび伸びてきて、私の左手を握った。皮が骨に張りついている痩せた白い手であったが、しっとりと湿っていた。老いた手が怯えた小動物のように震えていなければ、私はすぐに払い除けたかもしれない。

ホールを出ると老人が身を寄せてきて、こう囁いた。

「ベートーヴェンの七番だったら、昔のプロムスのすごくビューティフルでファニーでエキサイティングな演奏を聞いたことがある。家に放送テープがあるから、今から聞きにこないか？」

「予定がありますから」

私はそっけなく言った。

「あのストコフスキーがBBCを振ったものだよ。興味があるだろう？」

「ストコフスキーの七番ですか？」

「そのとおり」と老人は嬉しそうに続けた。「フラットまで、地下鉄で十分も乗れば着く。ぜひ一緒に楽しい夜の仕上げをしようじゃないか」

「私にはあなたのような趣味はない」

とっさに出た言葉がそれだった。音をこってり厚化粧させたストコフスキー版ベートーヴェンが想像できたからだ。老人は「趣味?」と言ったきり、みるみる哀しげな表情になった。私は自分の発した「趣味」という言葉のおぞましさに気づいた。人間の生き方の選択は断じて「趣味」以上のものだ。小柄な老人の背中が、ひとつの孤独な影となって立ち去った。

二か月ほど前、BBC放送音源のストコフスキーのベートーヴェンがCD化されたことを知った。一九六三年のプロムスのライブである。そのニュースを音楽雑誌で知った夜、誰もいない大きなコンサート・ホールの仄暗い客席に坐り、開演を待っている老人の夢を見た。

その顔を覗き込むと、何とそれは……。

IV

向日葵と老女

季節はずれの向日葵《ひまわり》が、花屋の奥にあった。小ぶりの花の中に、ひときわ大きな日輪があって、腰が曲がった小さな老女が欲しいと交渉している。どうやらその大輪の向日葵は売り物ではないらしい。

近いうちに閉店しますと、二年前から繰り言のように呟いていた老夫婦の営む小さな花屋だ。店の前に立つと、隣のパン屋から流れてくる匂いがいつだって花の芳香を上回る。

老人同士の向日葵をめぐる長い遣り取りは単純な結論にいたり、向日葵は「差し上げます」「では、いただきます」ということになった。

老女が笑みを浮かべ、心持ち腰を伸ばし黄金の大輪を抱きかかえたとき、私は待ち望んでいた名画に遭遇したような感動を覚えた。老女は品よく礼を述べ、巨大な向日葵を横抱きにして立ち去った。

「お待ちどうさま」と花屋の夫婦は同時に声を出す。私はさっき供花を買ったが、つり銭をもらいすぎたようだ、と告げる。

「三〇円ですが、お返しにきました」

「それはわざわざ、どうも」と謝ったのは女房のほうで、亭主は虚ろになる寸前の表情のまま黙って立っている。「そろそろ、店をたたみます」とまた言うかと思ったが、それはなかった。

店を出ると向日葵の老女に追いついた。私は日輪を抱いた人間というものをいつまでも見ていたい気分で、足を緩め、そっと後についていった。老女はときどき立ち止まっては、黄金の花の、つまりは日輪の向きを変える。

やがて老女は人気《ひとけ》のない児童公園に入っていった。その足取りにはなぜか迷いがない。迷いのないまま葉の落ちたツツジの植込の前に立ち、両手を掲げて向日葵を投げ捨てた。

私の心の中でも、何かが放擲《ほうてき》された。比喩があっさりと捨てられたのだ。清々しくも、比喩が死んだのだ。比喩の誕生と等しくそのあっけない死も、言祝《ことほ》がなければならない。

イグアナの耳

イグアナに耳はあるの？

夢うつつに幼な子の声が聞こえる。

さて、どうだったかな、と私は考えながら、（夢のなかで）目をひらけば、幼な子は顎に大きな飾り袋を垂れ下げたイグアナで、太古の大トカゲにそっくりの面つきに、私は愛しさのあまり涙がこぼれた。

どれどれ耳はどこかな？　たぶんこれがそうらしいね。

目の後ろに鱗で隠れた耳孔のようなもの。

でも、きみには薄茶と草緑とピンク色まで交ざった縞模様の美しい胴体に、みごとな尻尾があるのだから、耳のことなど気にしなくていいさ。（もちろん夢のなかで）私は言い聞かせた。

気にするなって？　ちがう、ちがう、とイグアナが答える。

そろそろ、夢からさめなくちゃ、と私は（やはり夢のなかで）イグアナを無視して思う。

耳の洞の主人に会いたいだけさ、イグアナの声は小さくなる。

ミミのホラのアルジって何だい？

耳の奥にずっと残っている忘れられない思い出を、そう言うのさ。

私は目を開いているのか閉じているのか、もはや声も物音も聞こえない。イグアナの太古の記憶なら私も知りたかったのだが。

沈黙の間を、耳のいとま、とか、耳の間、とか言うのではなかった。鳴り響く沈黙。ヨーロッパのかつての賢人なら、天使が通り過ぎたと言うだろう。イグアナの耳の洞の主人とは天使のことだったのか。

林檎の来歴

林檎の皮が長く垂れ下がり、螺旋《らせん》のスプリングとなって揺れている。途中で切らずに、林檎の皮を一本の細紐の形に剝いてみせることは、母の得意な一芸であった。子どもの私は、母の嬉しそうな顔を裏切るまいと、不可思議なマジックでも眺めているかのように、ナイフと指の器用な動きに魅入られているふりをしていた。

生意気にも、私はこの程度の芸当は誰にでもできると思っていたようだ。後年、自分で試し、いかに難しいことかを知った。皮を厚く剝けばよさそうだが、かえって重みで切れやすい。薄く切るところに微妙な工夫がある。私はあまり林檎の好きな子どもではなかったが、このマジックの後では口に運ばざるを得なかった。

そういう私が、いっぺんに一箱の林檎を食べて母を驚かせたことがある。小学六年生の冬、北海道の叔父から送られてきた林檎を、勤めに出ていた母に無断で、遊び仲間の四人に気前よくふるまったのである。当然、帰宅した母に林檎の行方を追及された。

当時の住まいは福祉施設の母子ホームで、隣の家族との仕切りは襖一枚だけで、話し声は筒抜けである。林檎を好きなだけ食い散らかした両隣の部屋の悪友どもは、母の叱責の声に恐々と耳を澄ましている。

友情などという大げさな意識があったわけではないが、私は「ぼくが全部食べた」とぽつりと言った。

「ほんとうに食べたのね?」と母は念を押してから、「一人でそんなにたくさん林檎を食べたと言うのなら、それでいい」と呟き、突然この問題の追及は打ち切られた。

翌日、悪童どもに「よくがんばったな」と感謝されても、私は悲しく、腹立たしかった。なぜ母は見え透いた嘘を許容したのか判らないが、振り返って考えれば、この〈虚構〉が私に与えた人生的な意味合いは根が深い気がする。

それから十年以上たったある日、母はこんな逸話を話してくれたことがあった。病を得た父の療養のため、私たち家族は東京の家を引き払い、親族の多い函館へ移り住んだ。しかし翌年、父は病没し、母は仕事を求めて、とりあえず五歳になった長男の私を連れて東京に戻ることに決めた。

持ち物はわずかな衣類と父の位牌、所持金は昭和二十六年当時の一五〇〇円だけ。東北本線の車中、母は私だけに弁当を買い与え、自分は我慢をとおした。仙台を過ぎた頃、向かいの青年が様子を察し、林檎を一つくれたという。「その林檎の美味しかったこと」と母は懐かしげに笑いながら言った。

歳月はさらに二十数年たった。人間の失敗や挫折、その言い訳や励ましの言葉に批評的コメントを加えた『〈はげまし〉の事典』の原稿を準備していた私は、一人暮らしの母を用事で訪ねることがあった。すると「こんなものが入っていたけど、どうなの?」と見るからに不出来な林檎の詰まったネットから、一枚の紙片を取り出した。

このりんごは傷つきながらもがんばって枝にしがみつき、生き残った健げなりんごです。傷あとは多少残りましたが樹で熟した新鮮で味の良いりんごです。

東北地方を縦断した台風で損傷を受けた〈青森りんご・キズありのご案内〉に添付されていた断り書きには、全生産量の七割の林檎が落下し、残ったものも四割が傷ついてしまったという史上最悪の被害状況の経緯も記してあった。一つ剝いてもらった林檎の味は格別なものがあった。

どのような味であれ、この文を事典に採録することは、すぐに決めていたのだが。

母はその三年後の夏の終わり、脳溢血で倒れ、意識を失ったまま病院のベッドに二年半を過ごした。私は見舞いに行くたびに、痩せ細るばかりの硬直した指を見つめた。林檎を握らせてみようか、などという他愛もない思いが脳裏をよぎることもあった。最高血圧八〇と表示された青い数字が点滅しはじめ、やがてそれも止まった。

ふたたび林檎の季節がめぐってきた。私にとってこの果実は母の思い出に重なる特別な味の来歴を持っている。

母の危篤の報せを受けた直後、ことさらに時間をかけて部屋の掃除にとりかかった。私のその奇異な行動の意味については今でも判らない。

買いそこねた望遠鏡

一九五〇年代に小学校時代を過ごした者の鎮守の森の縁日にまつわる小さな記憶である。

五〇年代とは、四〇年代の戦争・戦後の動乱の時代と六〇年代の社会全体にわたる烈しく沸騰する季節にはさまれた、束の間のそしてたぶんのどかと言えなくもない時期であったかもしれない。

少なくとも景観的な意味で言えば、当時の東京の郊外はのどかな最後の「田園」の姿があった。その頃は三輛編成であった井の頭線の久我山駅北口、現在サミット・ストアがある一帯は、神田川に沿って葦の原と田圃が広がっていた。神田川ではフナやタナゴ釣りをしたし、川の脇の崖から古代の土器が出た。川と交差する街道脇の「大金」という蕎麦屋は、力道山のプロレスのテレビ中継があると超満員となり、表まで椅子が並べられた。その蕎麦屋の反対側の丘を上って畑道を二十分ほど歩くと、山でもないのになぜか少年たちに「三角山」と呼ばれていた大きな森があり、それぞれの子がカブト虫やクワガタが集まる秘密の櫟《くぬぎ》の木の情報を持っていた。

夕方に、これはと思う木の根元近くの樹表にキズをつけ、砂糖水や西瓜の汁を塗りこんでおき、翌朝早く捕りに行く。なかには樹液に小便をかけておくという方法をとった子もいた。みんな自分の木に誇りを持っているわりには、樹液に群がるのは蛾とかカナブンの類が多く、ときに巨大なスズメ蜂だったりした。悔しまぎれに木を揺すると、頭上から蛇が落ちてきて悲鳴をあげたこともあった。

このように過ごしていた小学校五年の夏のこと、久我山駅から神田川を少し上流に向かって進むと右側の丘に鎮守の森があり、そこの稲荷神社の夏祭りにいつもの「三角山」の仲間同士で出かけた。その神社は本殿の床下のやわらかい地表に蟻地獄がたくさんあるので、私たちにはなじみの遊び場だった。屋台の店や露店を一通り見たあと、私たちは香具《や》師《し》の口上に聞き入っている人だかりの中に入った。ぼんやりした記憶の中にあって、そこで売られていた品物と客寄せの声調は覚えている。

商品は二つの望遠鏡だった。しかし精密な光学機器を思わせるようなものではなかったので、簡単に「遠眼鏡《とおめがね》」と言うほうがいいかもしれない。両方とも特殊なレンズがはめ込んであって、これらの望遠鏡を使うと物がすべて透き通って見えるというのだ。すべての物といっても、多少は得意不得意があって、小さい方の望遠鏡は特に玉子の中身がはっきり見えると香具師は説明した。そして近くに立っていた中学生に、望遠鏡と玉子を手渡して実際に試させた。

「どうだ、ちゃんと見えるだろう?」と男はきいた。

目に望遠鏡をあてがったまま、その中学生は、「見える」と短く感嘆した声で答えた。すかさず香具師は次の望遠鏡の説明に取りかかった。

「このなかにお巡りさんはいないでしょうね」と何度も言い、大げさに警戒する表情を混ぜながら、いかにも秘密めいた物を特別な計らいで売るのだといったように、もったいをつけてしゃべった。

「こっちのほうは、何が透けて見えるか、買った人だけにしか教えられない。でも、男なら誰もが一番見たいと思っているものだ。そういやぁ、わかるね、お兄ちゃん?」と香具師はさっきの中学生にきいた。

中学生はただ笑っているだけだった。私の仲間の中にも笑った者がいたが、私自身は何のことか、わからなかった。

最後に値段が告げられた。小さい望遠鏡が百円、大きい方がその三倍くらいだったろうか。当時の子どもにとっては大金で、買うにはそれなりの金策が必要である。そのあたりのことは男は承知しているらしく、今日買えない人のために、明日の同じ時間にもう一度来ることを約束した。そして最後にほぼ次のようなことを付け加えた。

……この望遠鏡は昔カメラ会社の研究所に勤めていた人が、渋谷の恵比寿というところにある古い神社の特別な力を借りて作った不思議な品物で、その人はもう相当なお爺さんだから、これからあと何個作れるかわからない。本当かどうか確かめたいなら、恵比寿の神社の裏に住んでいるから、お爺さんを直接訪ねてもかまわない。恵比寿の神社の裏に住んでいるから、後で地図を書いてやってもいい。

帰り道、大きい方の望遠鏡は、着ているものがすべて透けて女の裸が見えると仲間から教えられた。私はにわかに欲しくてたまらなくなり、その望遠鏡へのあまりに強い欲求と興奮で、夜中に何度も目をさました。

翌朝、私は母親におずおずとお祭りに行くお金が欲しいと言った。貧乏な家庭だったので、月極めの小遣いなどなかった。母親は五円玉貯金（五円硬貨だけを貯金箱に入れて貯めておいた）にかろうじて貯まっていた三五円をよこした。私はこれではとても足りないので、三百円欲しいと言ってみた。

「何を買うつもりなの？」と当然きかれた。

前日から考えていた通りに、「自転車。お祭りだと古いのが安く買えるから」と私は嘘を言った。

私が長年欲しがっていた自転車をいつまでも買えないので、母は気にかけていた。その朝の嘘は、古自転車をただで譲ってくれることを何度かほのめかしていた友達との交渉を当て込んだものだった。

「いくら中古でも、そんな値段で買えるわけがない」と母は笑って取り合わなかった。私はわけの判らない涙が込み上げてきて泣きだしたものの、結局、私の手の中には七個の五円玉以上はふえなかった。

諦めきれない気持ちで、私は早めに神社に出かけ、香具師が来るのを待った。しかしなぜか、いつまでたっても姿を見せない。妙なことに、仲間の誰も来なかった。それでも私は夜まで待った。

夕食の時間がとうに過ぎた頃、目の前に険しい表情をした母の顔が現れた。そして鎮守の森の階段を下りかけたとき、母は「何か欲しいものがあった？」ときいた。

私は黙って首を振ったが、すぐに「お祭りじゃ売ってないけど、昆虫採集で使うピンセット」と答えた。

「あなたはいぬ年生まれなんだから、お稲荷さんとは仲良くできないのよ」と母が言ったのは、たぶんこの時の帰りの夜道だったかもしれない。

祭りが終わって何日かしたあと、蟻地獄を見るため社殿の床下にもぐっていくと、妙な場所にゴザが敷いてあって、そばに蚊取線香を燃やしたあとがあった。何をするために作った場所か、仲間の一人が身体をくねらせながら見たような実況解説をした。未知の〈春〉の季節が少年たちに駆け足で近づいていたのだ。実際、その年が「三角山」のカブト虫や稲荷神社の蟻地獄に夢中になれた最後の夏だった。

あの買いそこねた望遠鏡は、いったい何だったのかと後年しばしば思い起こした。お稲荷に「いぬ年」の私がからかわれたのだろうか。女の裸が見える望遠鏡が作られた渋谷の恵比寿という地名は大人になるまで久しく謎めいた印象があった。今でも恵比寿の付近を通りかかると、あの香具師が言っていた古い神社はどこだろうと大きな木立がかたまっている場所に目がいくので、思わず苦笑してしまう。

川辺の境界

1

『白痴』のムイシュキン公爵はある夕暮どき、バーゼルの町に入った。市場から驢馬《ろば》の鳴き声が聞こえてくる。彼はこの驢馬の鳴き声に感動して、頭の中がすっかり晴れ渡ったような気分になる。それ以来、公爵は驢馬が好きになり、深い共感を生み出し、これによってスイス全体が好きになるのだ。

私はムイシュキンのこの小さなエピソードを思い起こすたびに、いつも愉悦を覚える。ここから『白痴』のみならず、いわば小説というもの全体が好きになってしまうほどなのだ。こうした好悪の感覚がいわば換喩の関係として働くことは、よく理解できる。たとえば、マーク・ロスコの《ホワイト・ブラックス・グレイズ・オン・マロン》（チューリヒ美術館）への感動によって、美術というものの存在を讃美したくなるし、アルヴォ・ペルトの「タブラ・ラサ」によって音楽というもの全体に対して肯定的気分が湧きだしてくる。当然、この逆の事態もあるだろう。つまらない小説を読んだばかりに、文学全体が取るに足らないものに思えてきて、あげくのはてに、そのつまらないものを読んでいる自分という人間までがつまらないものに感じられてきてしまう。

個別的なものへの感動が、全体への肯定的感情へと反転する。小さな記憶への愛惜が、それを生み出した舞台や季節を丸ごと抱き締めたくなる気分に広がるのだ。

いくつも例を挙げられる。たとえそれが驢馬の幻の鳴き声であっても。

昭和三十年代の初め、神田川の美倉橋近くの東岸にあったはずの家畜小屋で、それは聞こえるはずだった。

2

美倉橋と和泉橋の間の南側に広がる岩本町という地名は、私にとって呪文めいた響きがある。小学校五年から中学二年頃まで、わけあってほぼ毎週土曜日の午後、母と待ち合わせるために神田神保町の古書店街まで出かけたのだが、そのときにかならず利用した渋谷発の都電の終点名だった。岩本町はあたかも脱出先のしるしのような意味を持っていた。「わけあって」と思わせぶりな言い方をしてはいけないかもしれない。当時、杉並の福祉施設で共同生活をしていた少年たちとのややこしい確執を避けるためだった。とくに土曜の午後に危険が集中していたのである。私がその面倒な「確執」を生む当事者の一人と見られていたことも、いまは触れない。

岩本町の三丁目あたりはかつて繊維の町として、多くの衣服問屋で賑わった。一九五〇年代の終わりの年の三月のことだが、小学校六年のある土曜日、私は母に連れられて中学入学用の学生服を買いにいった。

その頃、母はT銀行の神田支店に勤めていて、待ち合わせは三省堂本店と決まっていた。新興のT銀行は平日は六時、土曜日も三時まで営業していることで知られていた。三省堂旧社屋は二階に学習参考書が置いてあったが、私はめったにいくことはなく、もっぱら一階の文庫と外国文学の棚で立ち読みをしていた。

小売はせず、業者だけを相手にする岩本町の問屋で学生服が買えた理由は、その店がT銀行の融資先だったからだ。神田神保町から歩いて店に向かったが、母は途中で「千葉周作の道場があったのはこのあたりじゃないかしら」と言ったが、私はあまり頭に入らなかった。坂本竜馬も通った北辰一刀流の玄武館道場のことを知ったのは、何年も後のことだ。

店に着き、母が応対に出た年配の女性にお悔やみを述べると、私たちは奥の畳の部屋に通された。

「大きめのサイズでお願いできますか」

母はお茶を口にする前に言った。私はカルピスを一気に飲んだ。

「ええ、伸び盛りですからね」

女主人は並べた学生服の光沢の違いを説明したが、私には区別がつかなかった。部屋はアイロンをかけたときに漂うような、香ばしい生地の匂いが充満していた。

値段の相談になったとき、さらにもう一着の学生服が運ばれてきた。試着してみると、こそばゆいような思いが込みあげた。結局、その服を裾上げして三年間着ることになった。

岩本町の電停に進みかけたとき、母はふいに足を止めて言った。

「驢馬を見にいきたくない?」

私は興味がなく、気のない返事をした。しかし、母はもう行くことに決めていた。神田川の川べりに小屋があって、二頭の驢馬がいるという。歩きながら、〈ロバのパン屋さん〉に貸し出すために飼育しているという母の説明に、たちまち私の関心が動いた。驢馬に牽引された屋台のパン屋は、そのときすでに何年も見なくなっていたからだ。〈ロバのパン屋さん〉の特製のカスタードクリームのたっぷり入った丸パンは、憧れのおやつだった。

小屋は仄《ほの》かな記憶を辿れば、美倉橋の近くの神田佐久間町の対岸にあたる付近にあったはずだ。

「変だわね」と母は何度も呟き、浅草橋まで下っても動物小屋らしきものはなかった。一年前には確かに存在したという。もう消えてしまったとなると、私は驢馬をどうしても見たくなった。

それは叶わなかったが、今でも美倉橋の上に立ち、左衛門橋へ向かって流れていく川面を眺めていると、記憶の奥にひそむあの幻の驢馬の鳴き声に耳を澄まそうとする。

3

決してたびたびあることではないのだが、書き記したとたん、訂正したくなるような記憶の細部がふいに現われる。というか、書いたからこそ訂正すべき箇所に気づくのだ。

事実と記憶の齟齬の〈訂正〉なるものが、新たなズレを生むにすぎないことも承知しているが、思い浮かんでしまった以上、些細なことでも放置はできない。細部の緩みは全体の歪みにつながるからだ。

そうした記憶の訂正そのものが、あらたな記憶を手繰り寄せる誘因となるならば、記憶の明視への一連のゆらぎが、改訂や補訂を含めた〈思い出す〉ことの豊かな運動性と考えたい。いかにもおおげさな言い方に聞こえるかもしれない。こうしたこだわりは滑稽にも見えよう。しかし私はむしろそうした滑稽さこそ、愛着があると正直に言っておきたい気がする。

で、さっそく何を訂正したいのか。

岩本町で中学入学用の学生服を買った後、母といっしょに探そうとした驢馬小屋は、神田川の美倉橋の付近ではなく、両国に近い隅田川沿いだったのではないかと思い始めた。問屋を出てかなり長く歩いた後、広い川面の眩い眺めを見たとふいに思い出したからだ。いや、驢馬小屋の思い出は、もっと年少の時代に遡るような気もしてきた。母がT銀行以前に勤めていた靴下の染め物工場あたりのことではないか。そうだとすれば、早稲田の駒塚橋近くのことで、小学校に入る前の出来事だ。

ここでまた追想に修正が入る。驢馬のパン屋さんで買ったのは、クリーム入り丸パンではない。玄米パンに似た蒸しパンだったらしい。これは私より二歳年長の友人Mの記憶に基づく証言で、躊躇なくあっさりと訂正しておきたい。ならば、あのクリーム入り丸パンを売っていた店はどこにあったことになるのか。いまのところ思い出す手掛かりはない。

もうひとつ言えば、粒餡とカスタードクリームが半々ずつ入っていた特製パンのおいしさも当時の記憶のものだが、これは荻窪駅北口にあったバラック小屋の集合したアーケード街（今は駅ビルの荻窪タウンセブンとなっている）のパン屋のKだ。

4

ムイシュキン公爵が市場から聞こえてくる驢馬の鳴き声に感動したバーゼルの町は、ライン川の中州にスイス、フランス、ドイツの国境の交点がある。三国の国旗を描いた標識塔が立ち、花壇にそって一周すれば約一五秒で三つの国を周遊したことになる。

もちろん、見えない三つの「国境線」をあっさり越えるとき、このあっさりした呆気ない経験に何か身体的な反応を確かめようとするのは、奇態なふるまいにすぎない。かと言って、地球の「国境」の苛酷な政治性に翻弄されている人を想起しなければならないという、とってつけたような感慨には慎重でありたい。

ここに立つと川であることを忘れ、海の錨地にいるように思えてくる。

標識塔のスイス側の川は広い港湾状の地形になっていて、ある初秋の日、ここに立ったとき、巨大な鉄板に似た運搬船が扁平の体躯を回転させて船尾の方から埠頭に近づいてきた。埠頭には大小の船が碇泊《ていはく》し、イギリス国旗の翻る客船が出航の準備中で、やがてライン川を下り、ドイツ、オランダを経て大西洋を渡り、テムズ川を遡っていくはずだった。

〈Moby Dick〉号と大書した船にも遭遇した。神田川の柳橋に碇泊する屋形船ほどの大きさの白いボートで、後部の甲板で日焼けした若い男が木函に腰掛けたまま動かない。足元にモップとブラシが転がっている。その脱力した姿には、エイハブ船長を思わせるものは何もなかった。

5

バーゼルのように、神田川の流域でも三つの境界が接する場所がある。駒塚橋のやや上流の新江戸川公園の前あたりで、文京区、新宿区、豊島区の境が交わる。かつてこの場所にあった靴下の染め物工場をめぐるエピソードは、いずれかの機会に書くことになるはずだ。もう一か所、第三架橋の左衛門橋の南側のたもとに、台東区、中央区、千代田区の接する交点がある。

ある日、私はこの三区にまたがって居住している人に遭遇した。浅草橋側から柳原通りに向かい、橋を渡りきった右手のコーナーへとまわり、ちょうどバーゼルで体験したように、三区の交わるスポットに身を置くつもりだった。

ところがその場所に段ボール小屋があった。手摺りには焦茶の靴とタオルが干してあり、段ボールの壁の内側の居住空間に小箱が積まれてあったが、どれも几帳面に紐で縛ってまとめてある。

人の気配が感じられないので、私はそのまま区境の写真を撮った。何枚か撮影しているうちに、段ボールの下で何か黒く動くものがある。カメラを下ろして凝視すると、両足だと判った。人間の足の裏というものは、これほど黒くなるものなのか、と私は心うたれ、いつまでも眺めていたい気分になった。しかし、足はすぐに引っ込み、段ボールの小屋から日焼けした男の頭が現れた。目は宙を見つめ、竹の垣根に寄りかかったまま動く気配はない。

「すいません……」と言ったものの、私は何を謝ったのか判らない。いきなり話しかけられて、相手も途惑う感じで、私自身も途惑っている。

「すいません、起こしてしまいましたか?」

そう言い直したものの、事態は変わらない。無視して立ち去ってもいいはずなのに、私はなぜかこの場に引きつけられて動けなかった。男の坐る場所は、ちょうど三区の交点にあたるものの、単なる行政上の境目に磁力などあるとも思えないのだが。

「とてもいい場所を見つけましたね」と続けてみた呼びかけも、届かずに途中で消えた。私が動けないのは、相手が何も応じないせいだと判る。言葉を待っているのだ。

私はしゃがみこんだ。はからずも、睨み合う格好になった。通り過ぎる人々の怪訝そうな視線を背に感じる。

男は顎を上げ、姿勢を変えた。そのとき、青いビニールシートのかかった段ボールの脇に、学童用のクレヨンの箱が置いてあることに気づいた。スケッチブックらしきものは見当らないが、絵を描く人だろうか。急に男の顔立ちが誰かに似ているように思えてきた。画家でもあった俳優の米倉斉加年の姿が浮かび、あの白っぽい細面がたっぷりと日焼けした面貌に変わって男に貼りついた。

「米倉さん、絵をお描きになるんですね。どんな絵なんですか?」

初めて男から声が洩れた。しかし、私はその声音をどのように表記したものか判らない。P音とG音が交錯し、破裂音の多い未知の外国語を聞くような響きは、明らかに怒りを含んでいた。勝手に固有名詞をあてがわれたのだから当然だろう。

「おじゃまして、もうしわけありませんでした」

と私は境界の男にふたたび謝った。

私は立ち上がり、境界点に身を近づけようとしたとき、風が湧きたち足がもつれた。しかし私はなぜかそのもつれを望んでいるかのような気分となって、風に向かって進んだ。

V

こずえの風

綾音ちゃんがオープン・キャンパスの模擬授業から戻るまで、母の親友と過ごすことに照れくさい思いがある。それでも母がどんな学生時代を送っていたのか話を聞いてみたい気もした。恋人が三人いたという母の自慢めいた話など、もちろんわたしは信じていたわけではない。

階段の上がりはなから食堂のガラス越しに見えた敦子さんの姿は、真昼の陽射しを浴びた木々の覗く大きな窓を背にして、その輪郭を濃くし、うつむいた顔が鏡面に浮かんでいるように映った。

わたしは何気なく入口のショーケースに目をやり、カレーライスの値段が八〇円とあるのに怪訝な思いがした。瞬間、重々しい空気の圧力が身にのしかかり、ぬかるみに足を取られるように、身体の動きがぎこちなくなった。靴に重しをつけたわけでもないのに、足の運びにも違和感がある。しかもその不安定な感覚は下肢から胸のあたりまで一気に上ってきた。

音が消えてしまい、わたしは体調の異変を疑った。それでも両手で前方の空気を掻くような仕草で食堂の扉を押した。扉はあっけないほど軽く開き、わたしは減圧した空気に吸い込まれるように食堂へ入った。いっきょに音がよみがえり、学食はざわめきに満たされている。わたしは妙に懐かしいものに触れた気がした。ショーケースを眺めてから、ここにいたるまで一分も過ぎていないはずだが、長い濃密な時間を潜り抜けたような気分のほてりがあった。

いつもの通い慣れた学食ではない。天井は低く、シャンデリアの下がった古い建物だ。空調も旧式のせいか、鈍い唸り声が頭上から降ってきて、空気も蒸し暑い。順番待ちをしたり、トレイを抱えてテーブルに着こうとしている女子学生たちの多くがミニスカートをはいている。

わたしは事態をどう受けとめるべきか、一呼吸おいて考えた。カレーライスの値段を見たときに気づくべきだったのかもしれない。いま心躍るような出来事が起きているのだ、とわたしは自分に言い聞かせようとした。実際、とっさに頭を掠めたのは、C・S・ルイスの『ナルニア国物語』の一場面だった。ルーシーが田舎の屋敷でかくれんぼをして洋服ダンスの中に入りこむ。暗闇を手探りで奥に進むと、そこはナルニア国への入口だった。

わたしは敦子さんの坐っていた場所とだいたい同じあたりを眺めた。窓に近い角の席で、敦子さんが微笑みながら手招きをしていた。わたしも笑顔で応じながら席に近づくと、カメラのズームアップにともない時間軸がさかのぼっていくように、目の前に三十年前の女子学生の敦子さんがいた。ちょっと感情が揺れると瞬時に大粒の涙があふれ出そうな瞳は、綾音ちゃんと同じだった。

「お待たせしました」

とわたしはとりあえず言ったものの、とるべき態度を迷った。アツコさん、あなたはいったい誰なんですか？　と訊ねたかったが、そんな剝き出しの問いを発すると、いまこうして二人でいるという危うい事実の緊張の糸を切ってしまうように思えて、「おもしろいわ」とだけ息を吐き出しながら呟いた。

聞こえたかどうか判らないが、敦子さんはわたしの顔をじっと見つめてから、「芳枝、どうかしたの？」とわたしの母の名で呼びかけた。わたしはこの出来事のルールを了解した。

わたしは「おもしろい」と小さく感嘆の声をあげた。時間が三十年ほど遡り、女子学生の敦子さんが目の前にいて、わたしが「芳枝」という母の名で呼びかけられている状況をまっすぐ受け入れている。日常がいつしか異空間に変わる話をこのところ続けて読んできたせいかもしれない。もしかしたら、いまわたしはどこかの小説の中にまぎれこんでいるのだろうか？

中村先生の持論が頭をよぎる。幻想文学やファンタジーとして最初から意図されたものは、大人の認識には堪えられない幼い文学で、図らずも幻想性を帯びる結果となった作品こそ魅力的なのだ、と。理解し難い考えではないけれど、もしも「幼さ」と呼べるものがくっきりと描き出されるとすれば、それはそれでとても凄味のあることで、大人の認識（世知とどう違うのだろう？）など退けてしまうかもしれない。

つい最近読んだ、安房直子の「夕日の国」だってそうだ。赤いスカートをはいた不思議な女の子に導かれて、少年の「ぼく」が「ふたーつ、みっつ、よっつ」となわ跳びをしていくと、五十回を越えたくらいからオレンジ色に染まる砂漠が見えてきて、七十跳んだら二人は夕日の国に行けたのだ。わたしもまた学食の前の階段を一歩一歩上がっていくとき、重々しく身にのしかかる異空間の風圧を押し分けて進んでいたのかもしれない。

敦子さんの背後の窓を横切って、尾の長い鳥が飛んでいき、陽射しを浴びた梢が揺れた。たぶん上空では白い雲が疾走している。そう、わたしはこの出来事のルールを受け入れていたのだと改めて思った。

「芳枝、どうかしたの?」と敦子さんは繰り返した。

「ごめん、暑くてぼーっとしちゃって」

「それで、どうなの、返事したんでしょ?」

「何が?」

「何がって、あなたの相談事じゃない」

「きょうはやめとく。今度にする」

「それなら、それでいいけど、でもね……」

母は敦子さんに何を相談するつもりだったのだろう。盗み聞きでもするような気分になり、すこし落ち着かなくなった。

「言いたいことはあるけど、じゃ、それは今度にするわ」と敦子さんが言ったのと同時に、カウンターの近くで食器の崩れ落ちる音が響き、甲走った声が上がった。二人して遠く見やり、また視線をお互いの顔に戻したとき、騒音にかき混ぜられて、学食の空気が変わったように思えた。これをきっかけにわたしの脳裏に閃くものがあり、そのまま口にした。

「あんな人のどこが好きなんだか、自分でもわけがわかんなくて」

「ちょっと、芳枝、自分の気持ちがどうのこうの言うより、相手のこと、まだ判ってないでしょ、そっちのほうが先じゃないの」

どうやら母は誰か気になる人がいるらしい。どこの誰なんだろう。盗み聞きするみたいだと、さっきは感じたけど、今は少し恐くなってきた。

「そうね、たしかに」

「そのひと、代講だから、塾にはもう教えにこないんでしょう?」

「うん」とわたしは曖昧に答えながら、いったい誰のことなのだろう、とまた思った。母が学習塾のアルバイトをしていたのは聞いたことがある。

「あのね、芳枝」と敦子さんの話は続く。「あなたを見ていると、危なっかしくて。先に行動があって、あとから気持ちが追っかけていくんだもの」

「若いときの母って、そんなに積極的なタイプだったの？　信じられない」

もちろんわたしは心の中だけでそう応じた。

「ねえ、聞いてる？　何を考えこんじゃっているか判らないけど、まさかカナダまで行く気じゃないでしょうね。田沢さんには、たぶん何かわけがあるんだし」と敦子さんの漏らした「田沢」という苗字より「カナダ」という地名のほうが、艶やかな光沢を放つ貴石に触れたような手応えでわたしの胸に残った。その理由を探っていると、事実のつながりに途惑いを覚える名前がふいに現われた。

「相談してみた？　塾でいっしょに教えている田沢さんの親友。あなた、いつも話しているじゃない。ほら、中村さんっていう人」

「中村さん？」

「二人のこと、知ってるんでしょ？」

「そうね……」

わたしは曖昧な返事を残し、冷たい飲み物を買いに席を立った。振り向いたとたん、さっきとは逆に背後から風圧を感じた。時空を突き抜けるあの圧力かもしれないと思い慎重に足を運んだが、頭の芯で虫の羽音のような空気の振動を感じて、耳鳴りが始まった。正面に見える配膳口のカウンターが揺れながら遠ざかり、わたしは昏倒に耐えようと椅子につかまり、目を閉じた。

いつの授業だったろうか。枝葉を吹きならして過ぎる風を〈こずえの風〉と呼ぶのだと中村先生は述べてから講義を中断し、しばらく教室の窓から木々の梢を眺めたことがあった。編集プロダクションに仕事が内定した弘野君が、「ぼくも風に揺れる木の枝を見てるの好きです」というと、先生は「いや、木じゃなくて、私は梢を揺らす風を眺めているんです」と答えた。それから少し間があって、学生時代の友人の思い出を独り呟くように語った。

わけあって拘留されていた警察から友人が戻った後、いっしょに裏磐梯の桧原湖へ出かけた。水辺に立ち、親友はぽつりと訊ねたという。

「湖を渡る波紋は水の作る模様なのかな、それとも風の作る模様なのかな」

たぶん中村先生は「風の模様」と答えたのではないだろうか。

友人はカナダに行ったまま何十年も消息を絶っているという。

湖の水辺から山の方へゆるやかに続く広大な落葉樹の森の中を歩く、若い男のシルエットが浮かんだ。その後ろ姿に向かって女の呼び声が届く——。

そんな記憶のような妄念のような映像がわたしの脳裏をかすめた。

母の古い持ち物に、「サンタール・ド・プロバンス」とカナダの店の刺繍の入ったクッションがあるのを思いだした。ラベンダーのドライフラワーが入っていたらしいが、今はもう芳香が消えている。「ネイティヴ・ストーン・アート」とシールのついた小箱のなかに淡青色のトルコ石もあり、カナダの先住民モホーク族のペンダントだと母は話してくれたことがあった。

立ちすくんだままそんな思いが去来した。

長い時間のようにも一瞬のようにも感じられる。分厚い残響のどよめく古い建物にある学食の雑音が、瞬時に音程を変え、いつもの明るい生協食堂のざわめきに戻った。

マーク・ロスコへ

表皮体感

あるエッセイがきっかけとなって、久しぶりにマーク・ロスコへの思いをあらたにした。あらたに、という言い方は正確ではないかもしれない。毎年、暮れになるとロスコの縦一・五メートルほどの大きなカレンダーを買い換え、いつでも顔を上げればロスコの絵が目にはいるのであるから。今月の作品は一九七〇年制作の赤い色の濃霧が立ちこめたような色面抽象画だ。ワシントン・ナショナル・ギャラリー蔵だが、ここから充実したロスコのカタログ・レゾネが刊行されている。

そのカタログとともに大事にしているものは、アメリカの作曲家モートン・フェルドマン（スーザン・ソンタグと一緒に来日したとき講演を聞きにいった）の「ロスコ・チャペル」のLPだ。瞑想的楽曲の展開もさることながら、そのジャケットが美しい。かつて私はジャコメッティの集中度の高い〈凝視〉の仕事に心惹かれ、取り憑かれたようにジャコメッティ論を書いた時期もあるのだが、その呪縛がゆるやかに解けたきっかけは、ロスコの絵に出会ってからだった。凝視しようにも、眼差しを一点に集中させる絵ではない。見ようとすれば、視線は画面全体に拡散し漂流する。この浮遊に身を任せるとき、目ではなく皮膚感覚が刺激される。おのれの表皮がロスコを体感しているのだ。

オレンジ色のセーター

大事にしてきた思い出を物語のなかの人物に与えると、だんだんその印象は生彩を欠き、衰弱しはじめて、それが暖かさや過去に誘い込む力を失ってしまう——。そんな意味のことを述べたのは、ナボコフであっただろうか。できれば私はそれに抗《あらが》いたい。

いま私は三十五年も前に会った少女の面影を甦らせようとしている。ひとつひとつの思い出に色をつけることはできるだろうか。そうした考えがよぎったのは、ロスコの絵の感触に遠い記憶を重ねようと試みているからに違いない。

私はふいにオレンジ色の思い出に辿り着く。

二十代の終わり頃、私はいくつかの大学の非常勤講師をして日々を送っていた。そのひとつに東京渋谷区のT大学工学部があった。夜間部だけのコースで、十八歳から私よりも一回り年長の学生まで在籍し、ジーンズからスーツ姿まで服装もさまざまで、当初は途惑いがあった。女子学生の姿はほとんどない。やがて社会人の持つ落ち着きと独特な夜の学校の賑わいのようなものが、私にはしっくりなじみ、駒場公園の脇のゆるやかな坂を上がって学校に向かう足取りも決して重くはなかった。

教員室でいつも顔を合わせる物性科学専攻のY先生との談話の愉しみもあった。五十代半ばのもの静かな紳士で、部屋ではたいてい一人で専門書を読んでいたが、私が行くと本を閉じて、いつもクラシック音楽について熱心に話をはじめた。

あるとき私は、チャイコフスキーはあまり好きではないと述べた。ピエール・モントゥーがボストン響を指揮した交響曲五番は愛聴していたのだが、なぜかそう言い張った(いまとなれば、一九九〇年代に録音テープが発見されたロンドン響とのライブ演奏はさらに熱い名演だが)。先生はまたかという顔をして、「たいてい皆そう言うんです。でもね、チャイコフスキーの音楽は、見果てぬ夢がたっぷりある世界なんですよ」と言った。

ある冬の日のこと、Y先生に「今日は、幼い娘を連れてくる学生がいると思いますが、話を聞いてあげてください」と頼まれた。教室に行くと、工事用の作業服にコートを羽織った、私よりもやや年上の学生が近づいてきて言った。

「すいません、今日は母がいないんで、娘を連れてきたんです。教室にいっしょに置いてやってください。おとなしくできる子だから、だいじょうぶです」

すでに女の子は教室の後ろのほうに坐り、こちらに真っすぐな視線を送っていた。お下げ髪の色白の子で、記憶はおぼろげだが、グレーのジャンパーを着ていたように思う。角張った造作《ぞうさく》の父親と違い、ふっくらした面立ちだった印象がある。年齢をたずねると、四歳の誕生日を過ぎたころだという。

学生は長身の身体《からだ》を縮めるようにして前の席についたので、娘さんの隣に坐ることを勧めたが、「だいじょうぶです」と繰り返す。女の子はときどき心配そうな表情で、授業を受けている父親のほうを見るものの、なるほど何の問題もなく静かに過ごした。アシモフの入門的な科学エッセイをテキストに使った英語の授業だったのだが、この学生を指名するのはこちらのほうが緊張しそうで、避《よ》けて通った。

ずっと後になりY先生から、この学生は三十三歳で電気工事店に勤めながら昼間は娘を保育園に預け、夕方からは自分の母親に託して夜学に通っているのだと聞いた。そして、たぶんクラスメートから伝え聞いたように思うが、栄養士であった彼の妻は他の男と出奔したという。

授業後に玄関ホールを通りかかると、女の子は授業中と同じく、表情を欠いたまま薄暗い壁際のソファーに坐っている。おとなしいと言うより、おとなしくしかできない様子の子だった。父親は三、四人の男たちと円陣を組んで屈伸運動をしている。しばらくすると、誰からか号令がかかり、彼らはホールいっぱいに広がり、生真面目な顔をしてそれぞれ踊りはじめた。私は夜間大学にも部活動があり、その学生が社交ダンス部に入っていることを初めて知った。

当時のT大学の夜間工学部の校舎は低層の古い建物で、玄関ホールは戦前の洋館の雰囲気を持っていた。機械油のようなにおいが全体に漂っている点が独特だった。教室に出かけるとき、まるでにおいのカーテンで仕切られているかのように強い酸の臭気が下りている場所もあり、足早に潜り抜けるときもあった。私は柱時計の内部にこもった空気を思わせるホールのにおいは決して嫌いではなく、どこか懐かしい気分すら覚えた。

そのにおいを掻き混ぜながら、男たちはめいめい見えないパートナーを抱きかかえる腕の形をして、音楽もなく、「いち、に、さん、しの、いち、に、さん」とステップを合わせながらダンスの練習をするのだ。

いつものトレーニングどおりなのかどうか判らないが、途中で例の学生だけは上着を脱ぐと、その袖口をつかんで踊りはじめた。上着は不安定に揺れ、まるで襤褸《ぼろ》の垂れた案山子《かかし》を振り回しているように見えた。それでもダンスは止まることがない。

そのとき父親の動きを目で追っていた女の子が立ち上がり、きつめのジャンパーをぎこちなく脱ぎ、それを父の仕草をまねて高く掲げた。ジャンパーの下から現われたオレンジ色の毛糸のセーターが伸びをしている。男たちのダンスはまだ続く。

いま記憶の奥から甦った少女に、私はロスコの一九四九年制作の絵の色のワンピースを着せたいと思う。ヴァイオレット・ブラック・オレンジ・イエロー・オン・ホワイト・アンド・レッド。

ホールの中央に軽やかなステップが近づいた。

白と赤に紫、黒、黄色……、そこへ新しい彩りを加えたオレンジ色の小さな身体が踊りはじめる。

ブルー・オン・ダークブルー

道に迷うことを誇りにしている写真家の友人がいる。横浜の安アパートに戻ってくるのは年に四か月ほどで、ほとんど日本にいない。一度の結婚も若き日の最大の寄り道と考えている。一人息子とは、たぶん二十五年間会ってないはずだ。

彼は学生時代、大雪山系を歩きまわるうちに道を失った。食糧が尽きかけ、不安の底にいるとき、楽園のような風景に出会ったという。

九月の半ば、小さな谷にまだ冬の雪が残っている。その雪渓を取り囲むように、紅葉が始まっていた。空の青を背景に、赤や黄色に染まった葉が輝き、雪に照り映えている。彼は華やかな静寂を楽しんでいた。突然、背後の藪がざわめいた。背筋に冷たいものが走る。覚悟したとおり熊が現われ、目と目が合った瞬間、時間が止まった。
——おれは実に悠然たるもんで、この決定的一瞬を写真に撮らなくちゃって、シャッターを押したんだ。でも、妙なんだ、フィルムには何も写ってなかった。

自慢話のひとつなのだが、熊との遭遇はたぶん作り話だろう、と私は思っている。この人物の写真は、ポルトガルの漁師小屋を撮ったものを除いてあまり感心したことはない。ただし、話はいつ会ってもすこぶる面白い。

先月は、アルジェリアのサハラ砂漠で道を外れて進むうちに遭難しかかった。

——夜の砂漠がどんなに賑やかか、おまえには想像できんだろう? 車の外に出て、寝ころがって満天の星を見ていたんだ。そしたら聞こえる聞こえる、ジージージージー。何の虫だろうね、鳴声がかすかに、でもたくさん聞こえるのさ。ジージージージー。

彼は身体の底のほうから何か強い感情がこみあげてきて、涙が流れだし、嗚咽が止まらなくなったという。

私の耳の奥にいつしか想像の砂漠ができた。ときどき見知らぬ虫たちがいっせいに鳴きだす。

——それで、いつの間にか寝てしまってね、気がつくと虫の声がぴたりと止んでいるんだ。大地にはまだ闇が沈んでいるんだけど、遠く地平線のあたりがほんのり明るくて、青みがかっている。東の空から上空に向かうにしたがって、濃い青の諧調に変わっていき、西の空はまだ真暗なんだ。空はゆっくり明るい青に変化していくのに、何か不動の時間のなかにいるような気がしたよ。そのとき、はっと記憶が動きだす気分があって、いま自分はロスコの大きな絵を見ているんだと思ったのさ。ブルー・オン・ダークブルー。ヒューストンのロスコ・チャペルの瞑想的な気分とは違った、全身が深い青の世界に浸されている感じ……、わかるかい?

写真はどうなったの、撮らなかった？　私は意に反してからかうような口調になった。

——あえて撮らないこともあるさ。ロスコの絵から、どうやって瞬間を切り取れるんだい。

ブルー・オン・ダークブルー。こんな絵がロスコにあるにしても、たぶん《無題》となっているに違いない。それでも、迷い道を行くこの男にならって、私は呟いてみる。ブルー・オン・ダークブルー。

たまさか

1

「これでどうですか、まだ痛みがありますか？」

Sさんは夜勤の看護師が処置していった点滴の針の位置を変え、私のうなずくのを確かめてから、血圧などの計測結果のデータ入力、薬剤の残量の確認、さらにブラインドの開閉の調整まで順に済ました。

仕事の運びは無駄がなく手際よいのに、一連の動きはゆったりした流れを感じさせる。数日たって気づいたのだが、その理由はSさんのおしゃべりにあった。

無駄口をきかず、すばやく、いかにも有能そうな様子で作業をするのではない。要領よく仕事を進めていながら、のんびりした口調で話しかけてくる。笑いにつきあったり、つきあわせたりするうちに作業が終わっている。

いつも病室から病室へ、小柄の身体を精力的に運んでいる人だった。あちこちの患者から頼りにされ、たびたび呼び出しの電話が鳴るのだが、それでいて「はい、どうなさいましたか？　そうですか、はい、わかりました。いま行きますので、お待ちくださいね」と答えながら、なおおしゃべりを続けたりする。

「……ですから、村上春樹はどうしても好きになれなくて。同僚の看護師たちは、みんな村上ファンですけど、私だけ違います。あの人の小説、どこがいいんですか？」

「好きじゃない？」

「ええ、だめです。男たちは、いじいじしてて、卑怯なやつばかり出てくるし。女もみんな、だらしない。こんな男や女のどこがいいのって思っちゃいます。せめてぞくってする魅力的な悪党でも出てくれば、まだましなのに。比喩も歯が浮くような、わざとらしいものばっかりじゃないですか」

「なるほど、そんなふうに感じたんですか。だったら、しっかり読んだとも言えるわけだし、そこまで読んだのでしたら、堪能したのも同然でしょう。いまの感想だけで、もうじゅうぶんですよ」

私は質問を未消化のまま笑いながら応じたのだが、「そうですか……」とSさんはやはり納得しがたい。その納得できない表情には、患者とのリラックス目的のおしゃべりを越えて、真剣な関心の気配が漂っている。それなら、どう説明したらいいだろう？　私は論議への誘いに活気づきそうになるが、これ以上引き止めるべきではないと思い、Sさんを促した。

「ほかの患者さんに呼ばれているんでしょう？　早く行ってあげない

と」

「だいじょうぶです。すこし待っていただくほうがいい方なのです」と Sさんは何か事情がありそうなことを言い残して、病室を出ていった。

こんどは私のほうに、真剣な関心の小さな渦が巻く。待たせたほうがよい人間というものは、確かにいるかもしれない。

たとえば、どのような？　私は朦朧感の抜けない頭で考えを追おうとする。村上春樹の面白さを説明するよりも、「なにか事情がありそうなこと」に興味を覚える。せっかちで、わがままな患者の要求に、いちいち即応してはいけないという単純な事実の可能性が高いが、そのこと以上に、対人関係の応答のスピード感に関して、こういう場所に特有の事例があるのだろう。

2

すぐに求めに応じてはいけない人間がいるという配慮のレベルも含め

て、そうした事態のひとつひとつに緩急の判断を下していくことが、職能なのか個人的資質なのかは措くとして、ベテランのSさんは明らかに他の看護師とは異なる空気を漂わせている。しかし落ち着きはらった威厳といった重さの雰囲気は皆無で、むしろ小回りのきく機敏な軽さ、場合によっては、容易に他人に付け込まれそうな気弱さをも感じさせる。

もちろん、Sさんのプロフェッショナルな多くの配慮に私は助けられた患者であり、それは腸の働きが止まって深夜に苦しんでいるとき、「摘便」（初めて知った言葉だが、肛門に指をいれて便を出す処置のこと）をしてくれた一事でも明らかだ。この技術は保育士が持っていて、ベビーベッドに寝かせた乳児に「摘便」をするとてきめんで、たちまち効果が出て、近づけていた顔に便を浴びるケースもよくあると聞いた。残念ながら、それでも私の腸は機能を休止したまま、四日も過ぎたのであったが。

高熱で苦しんでいた夜、そのSさんが幽霊になった。

驚きの体験と言うべきなのだろうが、驚きの感覚というものは、ずいぶんと覚醒の境位に近いところにある。朦朧状態では驚きは自覚できない。いや、たしかに幽霊だとは思ったけれど、より正確に言えば、Sさんは幽霊の介添人だったのだ。

3

ドストエフスキーの『罪と罰』の第四部で妻の亡霊におびえるスヴィドリガイロフは、ラスコーリニコフを相手にこんなことを言っている。

——幽霊なるものは、べつの世界のいわば切れ端、断片であって、そのはじまりである。したがって、健康な人間は、もちろん、それを見るべくもない。なぜなら健康な人間は最も地上的な人間だから、その充足と秩序のためにも、もっぱら地上の生活を生きなければならない。しかし、その人間がちょっとでも病気になり、人体組織のなかの正常な地上的秩序がちょっとでも破れると、たちまちべつの世界の可能性が現われはじめる……(江川卓訳)。

判りやすい説明だ。「人体組織のなかの正常な地上的秩序」の失調が、「べつの世界のいわば切れ端、断片」としての「幽霊」を出来《しゅったい》させるのであるから。私がわざわざこの文を引用したのは、この判りやすさによって、曖昧なるものの怖れに向けた〈悪魔祓い〉をするためではない。むしろ事態は逆で、「人体組織」の「地上的秩序」の崩れによって、「べつの世界の可能性」が立ち現われ、「亡霊」との遭遇を引き寄せたのだとしたら、たとえ病を機縁とすることであろうとも、いささかの快事と考えたいためなのである。

4

真夜中、と言っても何時であったか覚えていない。いつも二時ころに、ドアが開き、懐中電灯の光が遠慮がちに壁を這って、点滴の目盛を照らし出したり、患者の寝息を確かめたりするのだが、たぶんそこまで遅い時間ではなかったと思う。

熱にうなされながら半睡半醒の時間を過ごしつつ、闇を見つめていた。するとき、入口の方から部屋に薄明かりが流れてきて、また遠ざかり、そのまま消えるかと思ったのだが、白衣の姿のいつものSさんが現われ、私の前を素通りし、無言で窓に近づいた。その近づき方が歩くというよりも、腰の高さを一定にしたまま滑るような移動の仕方で気になり、そのことを伝えようとしたとたん、Sさんはこちらに片手を上げて制し、その手がロールカーテンの紐をつかんだ。

ゆっくりと引くにつれて、Sさんの身体も吊り上っていき、宙に浮いた。私は宙吊りの不安定な身体がわが身に起こったかのように胸苦しく、私はふたたび声を上げようとした。しかし口、というより舌がこわばって発話できない。

カーテンが開いて現われたのは、スカイツリーの見えるいつもの窓ではなく、夜空を背景にした白っぽい広がりで、スクリーンのようにも見えた。妙なことに、無言のままのSさんの姿をずっと追っていながら、顔が確認できない。

　それでも表情が気になって、こころもち身体の向きを変えかけると、麻酔が切れかかっているせいか、腹に焼けつくような痛みが走った。ほとんど同時に、Sさんの右手が手招きに似た動きで白い窓を示した。それに伴って窓が開き、冷たい夜の空気が部屋に流れこんできた気もするが、一瞬後に起こった見知らぬ人物たちの「顔」の出没の怖ろしさで私は覚えていない。

　最初に現れたのは、ムンクの《叫び》の少女が、老女に入れ替わったような顔で、ぼろをまとい白い乱れ髪が揺れていた。ふさいだ耳を気遣って、私は自分の叫び声を抑え、身の震えに耐えた。

　それでも顔から目を離せずにいると（目を離すと何か決定的に怖ろしいことが起こるような気がして）、顔がくるりと回転して消え去り、裏から新しい顔が現われた。それは表情はどことなく人間を感じさせるのだが、毛に覆われた類人猿の顔で、おかしなことに前の《叫び》の老女よりも見覚えがある印象なのだが、記憶を辿る間もなく消えてしまい、こんどは髷《まげ》を結った力士を思わせる大きな顔貌が窓の隅からにじみ出る動きで現われ、吠えかかる口を作ったとたんに頭がつぶれ、晒し首の台のようなところに眼球だけが二つ残ってこちらを睨んだ。ここでも私は目を背けるわけにいかず、視線を返すほかはなかった。

と、また顔が消えた。どうやら視線をしっかり受け止めると顔の亡霊は消えるようだった。消えると新たな顔が現われる。薄く開けた口から白い歯が鋭利な刃物のように光る黒い肌の顔。それが敏捷な身のこなしで挑んできそうなときも、目を凝視するとたちまち消えた。見つめ返すといなくなるが、見る限りはまた現われる。

窓が画布の広がりになって、顔の輪郭がない、目と鼻孔と薄い唇だけが浮かび、やや斜めからの視線がこちらに向かってきた。どうも若い女性の印象がある。しかもそれらが脈動と同じリズムで明滅を続けていて、そのリズムを追うと私自身の心臓が苦しくなった。これはまずいと感じた瞬間、赤黒く爛れた心臓というよりも、レバーのような内臓に顔が貼りついて、目だけが明滅している。

逃げなければ、と朦朧とした意識の中で思ったのだが、ここでも睨み返すことが亡霊を追い払うただ一つの方法だと意外に冷静な判断があって、眉間に力を入れた。やはり、顔は回転しながらどこかに吸い込まれ、入れ替わりにこんどは山高帽を深々とかぶった顔が浮かび上がり、目も鼻も見えず、歪んだ口らしきものが動く。

「口らしきもの」と言うわけは、横長の黒っぽい染みの塊のように見えたからで、それが窓枠に向かって左右に膨らみだした。が、途中でのたうちながら縮み、その反動で帽子の中から、横並びの動きで鼻と目が引きずり下ろされた。苺みたいな形の鼻に続き、気弱な力のない眼差しが現われ、そのせいか労わりの柔和な表情で、私は緊張が緩んで泣きたくなった。

本当に泣いた気もする。それも瞬時のことで、新たに眼鏡をかけた坊主頭の兇暴そうな顔が近づいてきて、私は必死で視線の圧力に耐えたのだ。

この止まることのない顔の出没の呪縛から逃れようと、Sさんに助けを求めたのだが、姿が見えない。いついなくなったのかも判らなかった。

5

片目に眼帯をした鬣《たてがみ》のある獰猛そうな中年男とか小さな顔に不釣合いな太い首の周りをマフラーのように腕をぐるぐる巻きにして目を剝いている女など、顔の氾濫はまだ続いたが、手術後の高熱から回復した後、書き留めておいたのはこれだけだ。あたかもスライドショーのように、さまざまな顔が浮かび上がってきては消えた。

怖ろしい幻妖は何者たちだったのか？

この胸苦しい遭遇は言祝《ことほ》ぎというべき幻覚だったと気づいたのは、退院の日のことで、御茶ノ水でバスを降り、スーツケースを引きながら神田川の橋を渡ったときだった。それには、寺田寅彦という固有名とそれともう一つ不可解な出来事を語らなければならない。

6

病棟から北へおよそ徒歩十分の場所に根津神社がある。私はそこまでの道順を何度となく頭の中で辿っていた。いくつかルートがあるうち、必ずしも最短の道ではないが、旧岩崎邸庭園の脇の坂道を下りて不忍通りを左折し、千駄木に向かう道を進む。おそらく不忍池の水の気配を感じながら歩きたかったのだ。

なぜ根津神社をことさら思い出していたのか判らない。ツツジの名所ではあるけれど、その季節に行ったのは一度だけ、しかも人ごみに息が詰まる感じで早々に退散した。

私が想い描いていたのは夜の根津神社だ。行くとすれば夜がよい。闇の中に浮かぶ楼門は記憶にあるようでもあるし、ないようでもあった。

しかし病棟の電気を消した部屋の窓から、街路灯の明かりも届かずに水面が暗く沈んでいる不忍池の風景を眺めていると、行かなければならないという理由のない切迫感にさいなまれそうになった。

たぶん、願いが叶ったと言うべきなのだろう。

点滴が外れた最初の日の夜、黒い人影の気配に、浅い眠りから目を覚ました。ベッドの足元の先にソフト帽をかぶった紳士が立っている。初対面だが、なじみの顔に思えたのはどうしてか。

いや、「なじみ」と自覚的に判断したわけではない。ぼんやりと納得らしき気分があったのだ。何しろ寺田寅彦その人だったのだから。

最初から当然のように寺田寅彦だと思ったのも妙なことだが、少なくとも私は「あなたは誰ですか」などと馴々しい質問はしなかった。

声には出さないが、そっと一緒に来るようにと手招きしている。私はパジャマのままショートコートだけを着て、後に続いた。

深夜なのだが、救急搬送用のエレベーターは動いている。ただ、なぜか二階で止まった。

寺田寅彦は迷うことなく、青いランプのついた非常用の出口を抜けて、階段を降りて行った。先を行く靴音が夜闇にひびくが、私の足はコンクリートをさするような音しか出ない。私のつっかけているのは売店で買った入院患者用の白い室内履きなのだ。下から柔らかく吹き上げてくる風は、この季節にしては暖かい。

7

根津神社に着くまでの間、寺田寅彦と交わした会話はごく少ない。しかし気まずさとか居心地の悪さといった、委縮した感情はまったくなかった。何かつかみがたい浮遊感のようなものが私を運んでいたのだ。

「きみ、柿の種は好きかね？」

「ええ、食べたいですね。でも、ピーナツの入ってないほうが好みです」

実のところ、私は柿の種を食べたいなどと思っていなかった。寅彦に訊ねられた瞬間、発作的に食べたいと感じたにすぎない。しかし、だから、それがどうしたというのか、と私は思うのだが、寅彦は何も言わない。かなりたってから、「柿の種は、渋柿に限るよ」と呟いた。柿の種違いだ、と私はすぐに誤解に気付いたが、あえて訂正はしなかった。

8

道すがら、言葉を交わす機会はそれでおしまいかと思ったが、もう一回あった。最初、私のほうから話しかけたのだ。

「暗くてはっきり判らないのですが、今日は無地の鶯茶色《うぐいすちゃいろ》のネクタイを締めていますか？　石油ランプもそうですが、東京中を探して、やっと手に入れたのですよね」

寺田寅彦は相変わらず背中だけを見せたまま、何も応じようとはしない。そして今度も、やや時間をおいて、誰に言うともなく口を開いた。

「震災の火事の焼け跡なんだが、鉛丹色《えんたんいろ》のカビのようなものが、焦げた木の幹に生え始めて、しかもすごい速さで木という木に増殖していったんだ。その丹色《にいろ》が、散乱した煉瓦や電柱の赤さびにとても映えていたのを思い出した。三、四日たつと草木に細い若葉が吹き出したが、その前に、あらゆる生命が焼き尽くされたと思っていた焦土で、命の芽吹きの先駆者が、その赤カビだった」

たぶん近道なのだろう、不忍通りから、左の路地に入った。私の底の薄い室内履きが荒れた路面を踏んでいく。足裏がじかに凹凸を拾う違和感で、歩みが遅れがちになった。そんなことは意に介さず、寺田寅彦は先に進んでいく。追いつこうとすると足がもつれ、両手ばかりが大きく揺れ、暗い空気をかき混ぜる。

9

夜がふけているが、根津神社の境内にある料理屋、かつてよく使われた言葉だと〈旗亭《きてい》〉から明かりが漏れている。明かりのなかに身を置くのは気が引けて、私は玄関口の植え込みの脇に立っていた。池の近くで、灰色の塊となった猫がこちらを窺う。

料理屋の座敷から若い男たちの声が聞こえる。声ではなく、その話しぶりに聞き覚えがあるのだが、思い出せない。

おかしなことに、ついさっきまで、このことを思い描いていたはずなのに、いま思い出そうとしている自分の姿それ自体、記憶の隅にあった光景に思えてしまう。こうした二重底のような記憶の複合的事態は、驚くほどのものではないが、当の男たちの声はどこから来るのか考え始めると、たちまち不安な気分がこみあげてくる。ふと思うのは、寺田寅彦その人が腹話術のように声を使い分けているのではないかという疑いだ。しかし寅彦はどこに消えたのだろう。

どこか境内の樹から、フクロウの鳴くのが聞こえてきた。

「フクロウが鳴くね」と若者の一人が言った。

「フクロウが鳴いているね」と誰かがが繰り返した。

するともう一人が言った。

「いや、あれは違う。フクロウじゃない。すっぽんだろう」

戯れの声ではない。真剣な口調だ。

しばらく、沈黙が続いた。すると仲間の一人が言い返した。

「でも、きみ、すっぽんが鳴くものかね」

「だって、なんだか鳴きそうな顔をしているじゃないか」

皆は声を放って笑ったが、明らかにその男だけは笑っていないことが判る。

彼はそう信じて疑わないのだ。

私は笑いをこらえて耳を澄まし、鳴きそうな顔をしたすっぽんを思い浮かべた。

さっきまで猫のいた池の近くの暗がりあたりから、別の声が届いた。

いや、私の背後の藪かも知れないし、北側の門のほうから地を這ってきたようにも思える。姿は見えないが、声の主はどうやら寺田寅彦らしい。

「私も笑ったことは確かだ。だが、よくよく考えてみると、さっきやはり、すっぽんが鳴いたのだと思う。過去と未来を通じて、すっぽんがフクロウのように鳴くことはないという事実が科学的に証明されても、今夜、この根津権現神社の境内で、たしかにすっぽんが鳴いたのだ」

それきり声が消えた。若者たちの笑いも話し声も聞こえない。

ほーう、ほー、とすっぽんの鳴き声だけが、夜闇の境内に響いた。

10

翌朝、ベッドの下に脱ぎ捨ててある室内履きは、紙屑みたいに折れ曲がり、土埃で汚れていた。

これまであまり顔を見かけたことのない若い看護師が、夜勤明けの交替の挨拶に現れた。

「よかったですね、ぐっすりお休みになっていらしたみたいでしたから。

では、私はこれで失礼します」

「そうでしたか」と私はちぐはぐな気分で答えた。

11

退院後、神田川にかかるお茶の水橋を渡ったときに気づいた。いまならあの熱にうなされながら見た幻妖たちの正体を語ることができる。

寺田寅彦が油絵で自画像を描いているときの思念。鏡に映る自分の顔を見ているうちに、ふと亡くなった父親が覗いているような気がする。あるいは自分の会ったこともない祖先の顔が現われているように思えたりする。そうした連想の流れの中で、こんなことを思った。

――われわれの祖先を千年前にさかのぼると、今の自分というのはその昔の二千万人の血を受け継いでいる勘定だそうである。そうしてみると自分が毎日こしらえているいろいろな顔は、この二千万人の誰かの顔に相当するかもしれない。こんな事を考えておかしく思ったが、同時に

「自分」というものの成り立ちをこういう立場から、もう一度よく考えてみなければならないと思った（「自画像」）。

なるほどそうだとすれば、「自分」は「ただ無数の過去の精霊が五体の細胞と血球の中にうごめいている」存在となろう。

すると、どういうことになるのか？

病室の窓に次々と現れた怪異な者たちは、誰もが私の祖先なのかもしれない。白髪の乱れた老女も、表情だけは人間を感じさせる類人猿のような男も、力士を思わせる大男も、眼鏡をかけた坊主頭の人物も。

スライドショーのように目まぐるしく出現しては消える顔の氾濫のなかで、私は恐怖を感じていたのだが、それは「五体の細胞と血球の中にうごめいている」祖先の精霊が人間の姿に戻って、私を励ましにきたに違いない。二千万人という数字が正確なものかどうかは、どうでもよい。そのおびただしい命の連鎖のはてに「自分」がいることは確かなのだ。その延々と受け継がれてきた命が、いま危機に瀕している。そこで、あの幽鬼、化物、魔魅や変化《へんげ》に見えた人物たちが、長い歳月に傷んだ身を引きずりながら現われ、私に生の息を吹きかけて立ち去ったのだ。私はほんとうに二千万人の亡霊に支えられたのかもしれない。

あの亡霊たちの記憶をたどりながら、私はお茶の水橋を渡っていく。

収録作品の初出についてのノート

長短、高低、大小などが互いに入り雑《ま》じり、不揃いなことを意味する「参差《しんし》」という言葉があります。まさしく参差として枝葉が生い茂るような構成の短篇集となりました。いろいろな断章の詰め合わせ袋のような作品集です。各作品の発表媒体もまた多岐におよんでいます。収録作品の初出および若干の書誌的情報は以下のとおりです。

I

「残景」の〈駅〉〈断層〉〈自転車〉は、『文学空間』（風濤社）五期九号

／二〇一二年十二月。

〈断崖の時間〉〈山の記憶〉〈小さな渦〉は、すべて『立』（立の会）。順に十号／二〇〇三年秋号、八号／二〇〇一年九月、十一号／二〇〇四年夏号。ただし、〈山の記憶〉〈小さな渦〉（「風が湧く」改題）は、「チェーホフの夜」（『チェーホフの夜』水声社、二〇〇九年十月）の挿話を成していますが、本書に収載のものはそのプロトタイプ。

Ⅱ

「ボルヘスの自画像、そしてジョン・ケージの、さらに……」は『文学空間』（風濤社）五期五号／二〇〇八年十二月。

「中軽井沢・桔梗が丘別荘地3－B区画をK氏は買わなかった」は『水声通信』（水声社）九号／二〇〇六年七月。

「マンソンジュ氏の日本滞在――忘却に抗して」は、『〈虚言〉の領域』（ミネルヴァ書房）二〇〇四年七月。プロトタイプは『文学空

間』（創樹社）三期六号／一九九三年十二月。

「契約」は『立』（立の会）四号／一九九八年三月。

Ⅲ

「狸の死骸」「安定走行」「姫りんご」「帰路」は、すべて『立』（立の会）で、順に九号／二〇〇二年夏号、一号／一九九六年十二月、二号／一九九七年四月、五号／一九九九年三月。

「インド更紗の漂流」は、『しにか』（大修館書店）一九九五年七月。

「真夏の楽輿」は、『誘惑するイギリス』（大修館書店）一九九九年四月。

Ⅳ

「向日葵と老女」「イグアナの耳」は、いずれも『立』（立の会）で、順に一三号／二〇〇七年、春号／二号／二〇〇五年冬号。

「林檎の来歴」は、『言語』（大修館書店）一九九八年十二月。

「買いそこねた望遠鏡」は、『田舎暮らしの本』（宝島社）一九九三年十一月。

「川辺の境界」は、中村邦生公式ホームページの連載小説「遡行譚」六回／二〇一二年六月。

V

「こずえの風」は、『大東文化』（大東文化大学）の連載小説「教室も空を飛ぶ」十一回／二〇一〇年四月号、十二回／同年七月号。

「マーク・ロスコへ」の〈表皮体感〉は『文学空間』（風濤社）五期五号／二〇〇八年十月、〈オレンジ色のセーター〉は『この愛のゆくえ』解説（岩波文庫）二〇一一年六月、〈ブルー・オン・ダークブルー〉は、『生の深みを覗く』解説（岩波文庫）二〇一〇年七月。

「たまさか」は、中村邦生公式ホームページの連載小説「遡行譚」十回／二〇一三年十月。

（中村邦生）

中村邦生

なかむら・くにお

1946年東京都生まれ。作家。大東文化大学文学部で比較文学、英米文学、文章制作法などの講座を担当。

http://www.nakamurakunio.com

主な著作

- 『月の川を渡る』(芥川賞候補作「ドッグウォーカー」収録、作品社)
- 『風の消息、それぞれの』(芥川賞候補作「森への招待」収録、作品社)
- 『チェーホフの夜』(『文學界』新人賞受賞作「冗談関係のメモリアル」収録、水声社)
- 『転落譚』(水声社)
- 『〈虚言〉の領域——反人生処方としての文学』(ミネルヴァ書房)
- 『書き出しは誘惑する』(岩波書店)
- 『生の深みを覗く』〈編著〉(岩波書店)
- 『この愛のゆくえ』〈編著〉(岩波書店)

颪の湧くところ

2015 年 10 月 10 日初版第 1 刷発行

著者　中村邦生
発行者　高橋 栄
発行所　風濤社
〒 113-0033 東京都文京区本郷 3-17-13 本郷タナベビル 4F
Tel. 03-3813-3421　Fax. 03-3813-3422
印刷所　中央精版印刷
製本所　難波製本

printed in Japan
ISBN978-4-89219-402-3

シュルレアリスムの本棚

大いなる酒宴 ルネ・ドーマル 谷口亜沙子 訳・解説
四六判上製 二七二頁 本体二八〇〇円＋税

サン＝ジェルマン大通り一二五番地で バンジャマン・ペレ 鈴木雅雄 訳・解説
四六判上製 二五六頁 本体二八〇〇円＋税

街道手帖 ジュリアン・グラック 永井敦子 訳・解説
四六判上製 三六八頁 本体三二〇〇円＋税

パリのサタン エルネスト・ド・ジャンジャンバック 鈴木雅雄 訳・解説
四六判上製 二五六頁 本体二八〇〇円＋税

おまえたちは狂人か ルネ・クルヴェル 鈴木大悟 訳・解説
四六判上製 刊行予定

放縦（仮題） ルイ・アラゴン 齊藤哲也 訳・解説
四六判上製 刊行予定

パリの最後の夜 フィリップ・スーポー 谷昌親 訳・解説
四六判上製 刊行予定

空虚人《うつろびと》と苦薔薇《にがばら》の物語
ルネ・ドーマル　巖谷國士訳　建石修志画
A5判上製　四〇頁　本体二〇〇〇円+税

失われた時
グザヴィエ・フォルヌレ　辻村永樹 訳・解説　建石修志 挿画
四六判上製　二五六頁　本体三〇〇〇円+税

少女ヴァレリエと不思議な一週間
ヴィーチェスラフ・ネズヴァル　赤塚若樹 訳　黒坂圭太 挿絵
四六判上製　二五六頁　本体二八〇〇円+税

性の夜想曲　チェコ・シュルレアリスムの〈エロス〉と〈夢〉
ヴィーチェスラフ・ネズヴァル／インジフ・シュティルスキー　赤塚若樹 編訳
四六変判上製　一九二頁　本体二四〇〇円+税

カールシュタイン城夜話
フランティシェク・クプカ　山口巖 訳・解説
四六判上製　三三六頁　本体二八〇〇円+税

スキタイの騎士
フランティシェク・クプカ　山口巖 訳・解説
四六判上製　四八〇頁　本体三二〇〇円+税

20世紀英国モダニズム小説集成

なついた羚羊《かましし》
バーバラ・ピム　井伊順彦訳・解説
四六判上製　三八四頁　本体三八〇〇円＋税

自分の同類を愛した男　英国モダニズム短篇集
井伊順彦編・解説　井伊順彦・今村楯夫 他訳
四六判上製　三二〇頁　本体三二〇〇円＋税

世を騒がす嘘つき男　英国モダニズム短篇集2
井伊順彦編・解説　井伊順彦・今村楯夫 他訳
四六判上製　三二〇頁　本体三二〇〇円＋税

サキ・コレクション

レジナルド

サキ　井伊順彦・今村楯夫他訳　池田俊彦 挿絵

四六変判上製　一九二頁　本体二四〇〇円＋税

四角い卵

サキ　井伊順彦・今村楯夫他訳　池田俊彦 挿絵

四六変判上製　一九二頁　本体二四〇〇円＋税　刊行予定

以降続刊、全三巻予定